U0027958

龍雲
作品

龍雲

作品

龍雲
作品

龍雲
作品

龍雲
B.c.N.y. 繪
冰屍
The Ice Corpse

冰屍

The Ice Corpse

第1章・來自過去的陰影

1

偵訊室裡面的氣氛異常凝重。

約莫在這一年中，台灣發生了一連串詭譎又駭人的命案。這些命案分布在全台各地，從南到北，沒有半點地緣關係，而被害者之間，目前也沒能找到任何關聯。唯一能將這些命案連在一起的關鍵，就是這些被害者的身上，都留有一道非常奇特的傷口。

每個被害者的身上，都有一個致命傷，這個致命傷大多在上半身的軀幹，有些是在前胸的位置，有些則是在後背。然而真正詭異的地方在於，這些傷口都像是從體內向外爆開來般，讓皮膚外翻，有些比較嚴重的甚至連骨架都向外翻開或移位。這樣的傷口，據警方研判，應該是受到特殊子彈，例如達姆彈之類，會在體內爆開來的軍用子彈，才會產生出類似這樣的傷口。然而問題在於如果是達姆彈這類型的子彈，一定會有個進入口，並且肯定會在身上留下火藥反應，可是這些被害者的屍體上面，並沒有找到任何子彈射入體內時的入彈孔，更沒有半點火藥的反應。

這讓警方跟法醫都陷入了一團迷霧之中，即便屍體就在眾人眼前，但是卻沒有任何人可以合理推測出到底是什麼樣的手段或凶器，會在被害人身上留下這樣的傷痕。

除了這些被害者身上所留下來的傷痕讓警方陷入泥沼之外，警方也同時希望在這些被害者身上找到共通點，以便釐清案情。

但是這些被害者來自各行各業，不但很難找到彼此之間的相關，甚至連生活背景與職業都是南轅北轍，沒有半點關聯。隨機犯案向來都是非常棘手的，也因此這些案件就彷彿一場夢魇，讓警方感到頭痛。

沒有任何可靠的線索，更沒有任何可以偵辦的方向，每一起案件除了傷口類似之外，沒有半點可以連得上線的地方。

而就在警方束手無策之際，凶手又再度犯案了。

只是這一次與其他案件有個天與地的差別，那就是在警方趕到現場的同時，在命案的現場，除了死者那具駭人又慘不忍睹的屍體之外，還有一個女大生。

這是這一連串案件之中，唯一一次有了可以視為嫌犯或目擊者的對象。

因此對分局的警方來說，完全不敢大意，除了當場逮捕了那個女大生之外，也立刻對她展開了嚴密的訊問與調查。

調查很快就有了一些結果，那個出現在現場的女大生，名叫葉曉潔，是C大學中文系的大一學生。

原本還以為這個叫做葉曉潔的女大生，只是一個很普通的大學生，因此讓警方一度有點失望，畢竟這樣的女大生實在不像是犯下這一連串恐怖凶殺案的犯人。

但是接下來調查的結果，卻讓警方大感驚訝，因為這位叫做葉曉潔的女大生，名下竟然有一座坐落在精華地段上的廟宇，這讓警方感到訝異與不解。

葉曉潔的父親任職於外交部，長期派駐海外，母親則是知名外商公司的高階主管，原本也是派駐海外，但已經在一年多前退休，回到台灣定居。

這樣的家庭背景，實在很難讓人相信女兒竟然是個廟公。

由於葉曉潔這樣的身分，也讓沒有半點線索來偵辦此案的警方十分敏感，立刻有了許許多多的聯想與猜想。

除了開始對曉潔進行各種調查之外，分局長也立刻派出分局中最有經驗、偵訊能力最強的警員，對曉潔展開偵訊。

然而葉曉潔卻矢口否認犯案，就葉曉潔供稱，自己之所以會到那裡，本來就是與死者郭茂啟有約，想要問他一些關於廟宇運作方面的事情。而當她到了現場的時候，死者郭茂啟已經成為一具冰冷的屍體，現場也已是滿目瘡痍，一片血腥。她靠近死者是想要確認死者確實就是郭茂啟，就在這個時候警方就闖了進來，自己跟郭茂啟的死完全沒有半點關係。

對於葉曉潔這樣的口供，分局長當然完全不能接受，畢竟那樣怵目驚心的場景，就連警方也不是每個人都能夠忍受，會立刻請求支援的大有人在，而這麼年輕的一個女孩子，在獨自一人的情況下竟然能夠保持高度冷靜，甚至還打算接近死者看個清楚，怎麼想都覺得有問題。

可是目前也沒有找到任何跟葉曉潔有關的證據，現場也沒能找到凶器之類的東西，因此案情又再度陷入了膠著，分局的氣氛也因此顯得十分凝重。

由於案件目前毫無半點進展，加上案情太過於詭譎，因此上層刻意封鎖消息，至少沒讓這幾起案件串連在一起，造成社會恐慌。目前來說，這些案件還混雜在社會新聞版面偶爾會出現的凶殺案之中，並沒有引起太大的關注。

但是就連警界高層也知道，這種事情紙包不住火，總會有被大眾發現的一天，因此有著非常沉重的壓力。

好不容易在現場抓到了一名嫌疑犯，一度還讓分局長以為自己中了樂透，有可能解決這起困擾上層將近一年的大案子，只要能夠解決這個案子，升職加薪有望，自己在警界的聲望與地位，也絕對可以獲得提升。

然而，偵訊與調查的進度再次陷入泥沼，完全找不到凶器或者是被害者與嫌犯之間的關聯。

一切都像是那名女大生所供稱的一樣，兩人之間只通過幾次電話，而從死者與嫌犯所繼承的廟宇看起來，似乎也沒有留下什麼頻繁的通聯紀錄。

整個分局陷入了一片沉重的氣氛之中，那個女大生嫌犯所在的偵訊室，彷彿是扇通往地獄的大門，除了負責偵訊的警員之外，其他人避之唯恐不及，這股凝重的氣氛，也正以那間偵訊室為中心，擴散到分局的每個角落。

就連負責櫃檯接洽的員警，也感受到這股強烈的氣息，不自覺地沉著臉，看著眼前的自動門，有種想要去將自動門打開的衝動，但是就連員警自己都知道，這股讓人喘不過氣的感受，並不是因為空氣缺乏流通，而是情緒所造成的。

這時，就好像是回應著櫃檯員警的期待一樣，自動門突然打開來。

在左右分開的自動門外，一名女子走了進來，員警打量了一下女子。

那是一名年約三十出頭的熟女，眉宇之間流露出一股渾然天成的威嚴，一看就知道是個大有來頭的女性，她穿著一身散發出專業氣息的套裝，朝著櫃檯而來。

「你好，」女子對著員警說：「我是檢察官陳憶玨，有事情想找你們分局長。」

此話一出，讓員警先是一愣，接著雙眼一瞪，慌忙地說：「好的，陳、陳檢察官，請在這邊稍候，我立刻為您聯絡分局長。」

會有這樣的反應，是因為這位陳憶玨檢察官，的確與她流露出的不凡氣息一樣出色，不管是在地檢署還是警界都很有名氣，是個專門解決奇案的檢察官，不過除了她出色的辦案能力之外，另外也有關於這個檢察官的一些古怪性格與脾氣的謠傳，因此讓員警有點緊張，不敢有所怠慢，立刻將陳檢察官的事情通報給分局長。

過不到一分鐘，只見分局長帶著副分局長以及其他一些比較高階的警官，慌慌張張地趕到了櫃檯前面。

雙方寒暄了一會之後，陳憶玨檢察官就在這些分局長官的簇擁之下，前往會議室。

看著眾人離去的背影，負責看守櫃檯的員警不免將頭轉向偵訊室的方向。

這個傳說中專破奇案的檢察官會在這個時候出現，恐怕不是什麼意外，而是專門為了那個女大生而來的吧？

這讓員警不免有些好奇，如果真的是這樣的話，這將會是陳憶玨檢察官第一次的嚴重挫敗？還是又是另外一次的精采出擊呢？

2

偵訊室裡面，曉潔低著頭不發一語。

事情發展到現在，似乎正朝最糟糕的情況而去。

原本以為應該解釋一下就能沒事的情況，但她清楚感覺到前來偵訊的人員，對自己的強烈懷疑。

他們該不會真的把我當成殺人嫌犯了吧？

一開始曉潔還有點懷疑，不過在面對過接二連三前來偵訊的員警之後，這樣的懷疑已經變成了肯定。

事情怎麼會變成這樣？

曉潔不知道，但是閉上眼、低下頭，浮上腦海的卻是不久前在郭茂啟辦公室裡面看到的景象。

當然到了這個時候，曉潔已經非常清楚，那個趴在桌上的死者，真的就是約她在那邊見面的郭茂啟。

到底是誰殺了他？

腦海中想起當時在么洞八廟辦公室裡，阿賀跟自己說過的話。

在這一年中，有不少被鍾馗派逐出師門的道士，接連死於非命。

原本曉潔還把這一切當作巧合，但在親眼見到郭茂啟慘死的模樣之後，曉潔也開始思考這些命案之間的關聯。

當然，從剛剛員警們的偵訊之中，曉潔也意外得知了其他幾個人的死訊，當然這其中有多少人是鍾馗派驅逐出師門的前道士，曉潔不得而知，不過從現場的照片看起來，死法都跟郭茂啟的案件有點類似。

如果這些人真的都是鍾馗派驅逐出門的前道士，那麼可以確定的是，很可能有個凶手正鎖定著這些人，並且一個接著一個獵殺這些人的性命。

更糟糕的是，現在警方認為自己就是那個凶手。

不過更讓曉潔哭笑不得的，是自己從阿吉那邊繼承的廟宇，也就是對道上的道士們來說，聲名顯赫的么洞八廟，竟然會讓她惹來這些嫌疑。

原本在查明曉潔只是一名普通的女大生，沒有任何前科與案底之後，警方對待曉潔的態度有很明顯的軟化，甚至還有員警安慰曉潔，要她不要擔心與緊張，只要查明事情之後，很快就會放她回去。

誰知道當偵訊人員再度返回時，氣氛不變，偵訊人員沉著臉，語氣中也流露出敵意，訊問著曉潔關於么洞八廟的事情。

由於偵訊人員並不知道么洞八廟的名號，突然以「驅魔真君殿」來稱呼么洞八廟，讓曉潔當場愣了好一陣子，這是曉潔第一次聽到么洞八廟的登記名稱，因此完全不知道偵訊人員口中的「驅魔真君殿」就是么洞八廟，一時遲疑的結果，反而讓偵訊人員當成了刻意隱瞞。

更雪上加霜的是，幾個自以為聰明的員警，還刻意詢問關於廟務之類的事情，讓才剛繼承廟宇兩年的曉潔完全回答不出來，畢竟廟務幾乎都是何嬤所帶領的一群廟務人員打理的，曉潔幾乎完全不過問，因此一問三不知的情況之下，員警們還出言諷刺，自以為抓到了什麼足以提供法院作為參考的證據，真的讓曉潔哭笑不得。

是、是、是，在不懂廟務的情況之下繼承了廟宇，除了是個連續殺人魔之外，還能是什麼呢？

這是什麼神邏輯啊！

雖然內心這樣吶喊，不過在心底深處，就連曉潔自己都覺得被懷疑得理所當然，其他人就更不用說了。

不過眼下除了自己被當成嫌犯之外，更困擾著曉潔的，就是到底是誰在獵殺這些被鍾馗派驅逐出門的道士？這麼做的目的到底又是什麼？

雖然曉潔下意識想到的就是鍾馗祖師所遺留下來的「口訣」，畢竟上一次發生在J女中的事件，就是因為鍾馗派的道士們覬覦呂偉道長所完成的口訣，才會策劃一連串的陰謀，將自己的同學與阿吉捲入其中。

不過這麼想似乎有點不太合理，因為那些被驅逐出去的道士們，到底能夠擁有多少口訣，這點曉潔不知道，不過如果想要口訣，不是應該找上鍾馗派的道士們嗎？為什麼要找這些被逐出師門的人呢？

這點是曉潔想不透的。

在J女中的決戰之後，鍾馗派陷入幾乎滅亡的危機中。

各派的菁英，全都在那場決戰中被下凡的鍾馗祖師處決了。

當時的畫面一直深深烙印在曉潔的腦海之中。

祖師鍾馗的神威、鍾馗派道士們映在臉上驚恐萬分的表情、每顆頭顱宛如氣球般爆裂的殘忍、原本喧譁的環境瞬間轉為恐怖的死寂。

在現場眼睜睜看到這宛如人間煉獄的曉潔，浮現在心中的感覺，是無比的恐懼與敬畏。

而隨著時間過去，心中的感覺也逐漸發酵，有著許多不同層次的感覺，現在回想起當時的畫面，各種不同的情緒紛紛湧上心頭。

當時被迫面對自己如同青梅竹馬般好兄弟的阿吉與阿畢，這兩人的心情，最容易讓曉潔回想起來。

到底當時的阿吉，是如何看待自己墮入魔道的好兄弟？而阿畢在對阿吉下手的時候，又是抱持著怎麼樣的心情？

一直以來，這都是曉潔非常想要知道的答案，可惜的是，她很可能永遠沒有機會親口聽阿吉說了。

除了這兩個人之外，曉潔也想到了上阿吉身的祖師鍾馗，面對這樣的徒子徒孫，祂又是用什麼樣的心情來面對？

由於當時的畫面太過於血腥殘忍，讓曉潔一直沒辦法去想像祖師鍾馗的心情。

但是在過了幾個月之後，心情逐漸平靜的曉潔，也慢慢了解了一個道理。

或許對活著的人來說，生命是最寶貴的東西，然而對神明來說，生命不過就像是流過眼前的河流，人生的旅程也不是只有活著這一條路而已。

對鍾馗祖師來說，最心痛的應該就是這條祂自己開拓出來的河流，正流向祂完全無法認同的地方吧？

為了口訣，殘害同門。

為了口訣，甚至連祖師上身的阿吉也敢動。

這樣的心態，真的可以繼承這個自盤古開天以來，對付邪靈最有威力的口訣嗎？他們繼承了這些口訣，真的不會濫用嗎？

慢慢地，隨著時間過去，心情沉澱下來之後，曉潔也逐漸了解了鍾馗祖師當時的心情。

面對著這些繼承自己的口訣，卻沒能走上正確道路的徒子徒孫，當時的鍾馗祖師應該是深痛欲絕吧？

也正因為這個原因，當鍾馗祖師以阿吉的肉身來到體育館外的時候，才會特別告訴曉潔，如果可以再次見到阿吉的話，要曉潔告訴阿吉，對於有阿吉這樣的後人，祂感到很欣慰吧。

在聽到這話的當下，曉潔心中非常自然地浮現：親愛的祖師啊！您話別說得太早，您真的不了解阿吉啊！

不過在了解當時鍾馗祖師深痛欲絕的心情之後，似乎也明白了這句話背後的真實含意。

即便是親手毀了自己在人世間唯一遺留下來的口訣與門派也在所不惜，只為了讓這列偏離軌道許久的列車可以停下來的鍾馗祖師，對於阿吉這個僅存、還願意為了祂當時留下來的正道努力的弟子，真的除了欣慰之外，還真不知道能有什麼其他的感覺。

而自己卻完全沒有這樣的覺悟，就繼承了這份珍貴的口訣，曾經一度讓曉潔覺得有點慚愧，當然這也讓她更加不敢怠慢，成為每天一直督促自己反覆練習的動力。

而在那一戰過後，鍾馗派幾乎全數滅亡，正統的傳人甚至只剩下曉潔一人。

雖然這麼說，但是就曉潔所知道的情況，除了么洞八廟有她繼承之外，其他廟宇也都有道士繼承。雖然其他繼承人不像曉潔這般正統，基本上就是一些當時雖然已經加入光道長所主持的鍾馗派，但是卻因為各種原因沒有前往J女中參加那場最終決戰的道士們。

在曉潔正式繼承廟宇之後，何嬤曾經幫曉潔發函給各個派系，表達不願意繼續維持過去的關係，並且從今以後，么洞八廟也不會再跟任何廟宇有任何的往來之意。

因此就曉潔所知，除了頑固廟完全沒有繼承人之外，其他的廟宇都有繼承人。

所以如果凶手真的想要口訣的話，不是最應該找上這些繼承人或是她自己嗎？

看樣子自己真的是一朝被蛇咬，十年怕草繩，光是有過前一次的經驗，就讓她一遇到任何案件，立刻就聯想到對方是衝著口訣而來。

但是關於口訣的事情，不要說其他人了，就連警方都不知道，甚至連僅存的鍾馗派也不是很清楚的情況之下，不太可能每個人都是衝著口訣而來，說到底應該只是自己太過於敏感才對。

可是除了口訣之外，曉潔實在想不到還有什麼理由，會讓人去獵殺這些被逐出師門的道士。

難道說是光道長的鍾馗派，為了報復這些人當初反對他們才下的毒手嗎？

曉潔曾經這麼想過，不過這樣的想法立刻被自己推翻，畢竟對那些殘存下來的餘黨來說，最該痛恨的人，不正應該是曉潔與么洞八廟嗎？

也正因為這樣，所以何嬤才會耳提面命，一直交代要曉潔注意自身的安全，並且在么洞八廟各處加裝許多監視器與鐵門，就是為了保護曉潔不被這些人當成目標。

想到這裡，曉潔只覺得腦袋一片空白，搖搖頭之後，決定不要再多想，畢竟現在的她真的可以說是泥菩薩過江，自身難保，又何來心思去好好想這些事情呢？

抬起頭，看著除了自己之外空無一人的偵訊室。

已經有好一段時間沒有人來了，想來外面應該正忙著通知學校與自己的雙親吧？

如果可以的話，曉潔實在不想驚動周遭的人，她只想打通電話給何嬤。到了這種時候，唯一可以信賴的，就是曾經一直陪伴在他們師徒三代的這個老人家了。

以么洞八廟為家的何嬤，在這段時間裡，也一直幫助曉潔，打理么洞八廟上下全部的事情。

如果沒有何嬤的幫忙，就連曉潔自己都不敢想像現在的么洞八廟會是什麼模樣，自己真的有辦法像何嬤那樣，將廟裡上下的事物都處理得如此完善嗎？

這點曉潔非常懷疑，因此對曉潔來說，何嬤已經是不可或缺的重要長輩，在這種危難的時刻，曉潔唯一能依賴的人也只剩下她了。

可是曉潔也知道何嬤恐怕會是警方最後一個才選擇聯絡的人，在聯絡廟方之前，警方可能早就已經通知自己的父母與學校了吧？

不管是哪一邊，雖然都會來，但是曉潔也相對得要重新面對一次來自兩方的偵訊，重新再把事情的來龍去脈講一次，尤其是那個對自己繼承了么洞八廟很感冒的媽媽，肯定又是一陣碎唸，要自己把廟宇處分掉之類的老調重彈。

一想到這裡，讓曉潔原本就低垂的頭，更加下垂，幾乎都快要碰到桌子了。

這時偵訊室的門突然打開，曉潔抬起頭，來的不是先前負責偵訊她的那位中年男警官，而是一名年約三十多歲的女性。

一開始還有點疑惑，但是曉潔立刻會意過來。

警方那邊應該是覺得讓一個中年男警官來偵訊，跟自己光是年齡之間的差距，可能就難以建立信任的關係，因此才會特別找個相同性別，年齡較接近的女性來偵訊，或許自己會比較容易坦承犯行。

問題是……自己已經把知道的，可以說的全部都告訴警方了，就算換個人來偵訊，恐怕也沒有半點意義。

穿著一身散發出專業與威嚴氣息套裝的女子，在曉潔對面坐了下來。

不知道為什麼，曉潔總覺得眼前這女子有點熟悉，不過曉潔非常清楚自己不曾見過對方，畢竟記憶力一直都是曉潔的強項，如果自己真的有見過女子，不可能完全沒有印象。當然如果只是路上曾經擦肩而過的路人，彼此之間沒有照面、沒有交談，或許就真的會不記得。

可是對眼前這女子應該也不是這樣的情況，正確來說應該是自己對女子感到陌生，但是對女子的長相，卻有種熟悉的感覺，為什麼會有這樣的感覺，曉潔也說不上來，不過就只是有這樣的感覺而已。

女子向曉潔點了點頭，但臉上卻是完全不苟言笑的表情，看著這樣的臉龐，曉潔可以想見的是女子笑起來一定很甜，而且腦海裡面也可以想像女子笑起來的模樣，這到底是怎麼回事？為什麼竟然會對一個初次見面的女子，有著這種奇怪的熟悉感。

「妳好，」女子對曉潔說：「我叫陳憶玨，回憶的憶，雙王玨。目前是地檢署的檢察官，有些事情希望妳可以提出解釋。」

曉潔點了點頭，臉上不免露出無奈的表情說：「我會盡量配合，可是我真的已經把我知道的事情，都告訴剛剛偵訊過我的那位警官了。」

「我要問的問題，跟他們先前問的完全不一樣。」

陳憶玨臉上突然浮現出一抹神祕的笑，看著這樣的笑，曉潔印證了自己先前心中的想法，陳憶玨笑起來的確很甜，不過除此之外，這笑容竟然讓曉潔又再度浮現出熟悉的感覺。

「我相信我的問題，」陳憶玨接著說：「會讓妳印象很深刻。」

曉潔一臉狐疑地看著陳憶玨，下一秒鐘，陳憶玨說出了自己的第一個問題，而這個問題的確有如陳憶玨所說的一樣，話才剛說出口，立刻就讓曉潔臉色驟變，就連內心都感覺到震撼。

「妳知道跳鍾馗嗎？」陳憶玨目光銳利如刀，一刀直刺入曉潔的心臟。

曉潔看著陳憶玨，臉上驚訝的表情，似乎已經徹底回答了陳憶玨的問題。

當然，不只有陳憶玨得到了答案，曉潔這邊也得到了一個強烈的訊息。

警方這邊知道關於鍾馗派的事情了，換句話說，也算是正式接觸到了案件的核心。

兩個女人凝視著對方，偵訊室中，一場無形的風暴正悄悄地颳了起來。

3

跳鍾馗，這個在民間普遍流傳的技藝，追根究柢就是出自於曉潔所繼承的鍾馗派。

這是鍾馗派的根基，與曉潔所繼承的口訣相輔相成之下，成為鍾馗派一脈流傳下來的血與骨。

口訣與跳鍾馗就是鍾馗派的一切，這麼說一點都沒有錯。

因此當陳憶玨檢察官提出跳鍾馗的時候，的確跟她所預告的一樣，讓曉潔印象深刻。

「從妳臉上的表情，」陳憶玨檢察官臉上浮現出一抹似笑非笑的表情：「我想妳應該也知道所謂的『鍾馗派』了。」

對於這個問題，曉潔知道自己已經沒辦法否認，但是也不想要就這樣點頭，因此只能雙眼直視著陳憶玨。

陳憶玨口氣冷靜，態度從容，可以看得出來年紀不算大的她，對於偵訊這檔事，非常駕輕就熟。

「妳不想承認也沒關係，」陳憶玨維持一貫的風度說：「我就當妳不知道，稍微跟妳解釋一下，妳可要仔細聽清楚了，因為接下來我要問妳的問題，跟前面那些警察們所問的問題完全不同。」

陳憶玨說完之後，拿出了幾張照片，其中一張更是讓曉潔的心跳漏了一拍，整張臉更是緊繃了起來，因為這些照片裡面的人，幾乎都是曉潔見過的人，其中還有一個是曉潔非常熟悉而且思念的人。

「這裡的幾張照片，」陳憶玨檢察官指著照片說：「都是鍾馗派的重要人物，這個是被稱為光道長的北派代表人物，還有就是東派與西派的代表人物，最後這張則是南派的代表人物，也是被人稱為頑固老高的道長。這四個人，就是鍾馗派四大派的當家。至於另外這一張，看起來年紀比其他人輕很多，雖然不學無術，甚至連道士也稱不上，但是因為他的師父是鍾馗派近年來最出名的人人物，所以也算是一個角色。」

陳憶玨檢察官雖然看似漫不經心，不過眼角餘光卻緊緊盯著曉潔，觀察著曉潔的一舉一動。

「當然我想妳應該對這個男人不陌生，因為妳所繼承的……」陳憶玨檢察官看了一下資料說：「『驅魔真君殿』，就是從這男人的名下過繼的。」

曉潔聽著陳憶玨檢察官的話，並且看著那張熟悉的臉，眼眶也不自覺地泛紅了起來。

「他叫做洪旻吉，是個讓他師父頭痛的浪子。」

聽到陳憶玨這麼說，曉潔猛然抬起頭來，狠狠地瞪著陳憶玨，完全忘了自己正在被偵訊。看到曉潔這樣的眼神，陳憶玨也毫不客氣地回瞪了一眼，然後將眼神移到了資料上面。

「說實在的，」陳憶玨搖搖頭說：「我還是不太習慣這上面寫的名字，什麼……驅魔真君殿，這名字還真有點繞口，我還是比較習慣大家對它的暱稱……么洞八廟，妳說對不對？」

當然比起阿吉來說，知道道上的人將驅魔真君殿稱為么洞八廟，似乎比較沒有什麼，但是曉潔到這個時候也非常清楚陳憶玨的目的了。

陳憶玨檢察官正如她一開始所說的一樣，字字句句都是想要讓曉潔印象深刻，更重要的是，她想讓曉潔了解，自己並不是對鍾馗派一無所知。當然至於陳憶玨檢察官到底了解到什麼程度，這點就好像在進行一場撲克牌局一樣，不可能輕易讓曉潔知道她手中握有的底牌。

曉潔此刻臉色也和緩了下來，畢竟雖然剛剛陳憶玨檢察官說了阿吉的壞話，不過嚴格說起來，她似乎也不算是汙衊阿吉，對鍾馗派的人來說，阿吉的確是個不學無術、不願意當道士，並且帶給他師父呂偉道長許多困擾的人。

「……妳到底想要問什麼？」曉潔皺著眉頭問。

「妳還真是心急啊，」陳憶玨檢察官笑著搖搖頭說：「妳知道嗎？到目前為止是這次偵訊屬於很溫馨的部分。」陳憶玨突然沉下了臉說：「接下來的就沒那麼好過了。」

陳憶玨說完之後，指著桌上的照片問道：「這五張照片中有三個人目前已經失蹤了，包含妳從他身上繼承么洞八廟的洪旻吉。妳知道他們三個目前人在什麼地方嗎？這就是我第一個想要釐清的問題。」

當陳憶玨檢察官拿出這些照片的時候，曉潔內心其實多少已經有心理準備了，對方很可能提起這些人的事情。

曉潔有股衝動，想要將過去的事情一股腦地全部都告訴眼前這個對於鍾馗派彷彿很熟悉的女人。

這兩年來，獨自背負著這一切，連個可以訴苦的對象也沒有，讓曉潔有種快要崩潰的感覺。她不想喚醒何嬤那些沉痛的回憶，因此盡量避免跟何嬤聊起傷痛的過去，也不曾向何嬤細述那場決戰的事情；而目前最要好的朋友亞嵐，也因為對鍾馗派的了解幾乎是零，讓曉潔實在難以好好傾訴一番。

眼看有人對這有興趣，並且很有可能願意真的好好聽完，讓曉潔有股想要全盤托出的衝動。

可是，有三個問題彷彿三道鐵門般，將曉潔想要坦承的心封閉起來。

第一個問題是，就算曉潔說出來，陳憶玨檢察官也不見得相信。畢竟當年在J女中所發生的事情，如果不是曉潔自己親眼所見並且親身經歷過，光聽別人說，曉潔自己也不會相信，更何況是凡事講求證據、科學辦案的檢察官？

第二個問題就是如果對方相信一半，而且是非常不好的那一半，也就是只相信那些鍾馗派道士大量遇害，卻不相信是鍾馗祖師所為，那麼對於目前已經被當成凶嫌的曉潔來說，肯定只能用雪上加霜來形容。

最後一個問題，也是最關鍵的問題就是，就算對方真的相信了，曉潔也沒辦法提供任何證據，甚至連所謂的凶手也沒有，這樣到底又有什麼意義呢？

基於這些原因，曉潔也非常清楚眼前這位看起來似乎對鍾馗派所知甚多的檢察官，絕對不是自己可以一吐這些年埋在心中祕密的對象。

正因為這樣，靜默成為了曉潔最好的答案。

畢竟她不想欺騙檢察官，但又不想回答這些只會讓自己陷入麻煩的問題。

看著曉潔低著頭不發一語，陳憶玨檢察官也知道了曉潔的打算。

「妳知道這樣的態度，」陳憶玨不悅地皺起眉頭說：「會讓妳的立場更加難堪嗎？」

「我知道，」曉潔抿著嘴說：「但是對於妳的問題，我真的沒辦法回答。」

「是沒辦法，」陳憶玨目光如刀地瞪著曉潔說：「還是不想？」

……都有。

這是曉潔的心聲，但是卻完全沒有說出口，此刻曉潔能夠表達的，仍然只有靜默。

看到曉潔仍然執意不肯回答這些問題，陳憶玨知道，目前嫌犯的心防還沒有完全打開，當然對於這點，陳憶玨也不想多說什麼。

很顯然，眼前的這個女大生，完全不知道情況有多糟糕。

或許該是時候更進一步了。

在心中做出了這樣的決定，陳憶玨伸手將桌上的五張照片撥到旁邊，接著從自己面前的那份文件夾中，重新拿出幾張照片。

「既然妳不願意合作，」陳憶玨冷冷地說：「那麼我們就先把這些放一邊吧，當然如果妳有什麼想要說的，歡迎隨時告訴我。就像我剛剛說的，這五個人之中，有三個人已經失蹤了，至於另外兩個……」

陳憶玨將手中所拿的另外一系列的照片，重新在桌上攤了開來。

曉潔將目光移到照片上一看，立刻倒抽一口氣。

這些照片一張比一張還要血腥恐怖，每一張照片裡面的景象，都如先前所看到郭茂啟辦公室的景象一樣。

「這些是剛剛那五個人之中的東派掌門，被人發現時所拍下來的照片。」陳憶玨雙目直盯著曉潔說道：「如妳所見，跟今天的這起案件一樣，被害者彷彿是被特殊子彈所擊中的一樣，子彈從體內向外爆開，將臟器與人體組織像炸彈一樣暴出體外。」

正如陳憶玨所說的一樣，從這些照片看起來，的確讓曉潔感覺根本就是同一個凶手所為。

但這卻讓曉潔非常不能理解，按理說目前這起案件跟東派掌門的案件，根本不可能會是同一個凶手。因為殺死不願意合作對抗阿吉的東派掌門的人，不就是墮入魔道之後的阿畢嗎？而阿畢在J女中決戰的時候就已經被打成了肉泥，這也是曉潔親眼所見的，因此這次的案件，絕對不可能是阿畢所為，這點曉潔比任何人都還要清楚。

「有鑑於此，」陳憶玨卻完全不知道曉潔心中得到的結論，繼續說：「相信妳也看得出來，這些案件很有可能是同一個凶手所為，接著……」

陳憶玨再度拿出一些照片出來，才剛看到第一張照片，曉潔就立刻瞪大了雙眼，雖然這些照片與先前東派掌門的照片比起來，並沒有比較血腥，但照片裡面那雙目圓睜、扭曲又痛苦的臉孔，卻是曉潔所認識的人。

照片中死前承受極大痛苦的不是別人，正是南派的頑固老高，也是曉潔曾經見過幾次面的人。

曉潔雖然知道頑固老高等人遇害的事情，但是並沒有親眼見到他們的死狀，因此乍看之下，還是讓曉潔覺得痛苦，沉重地閉上雙眼。

當然，曉潔的反應都看在陳憶玨的眼裡，但是她並不打算就此收手，因為眼前的這個女大生，很明顯知道一些事情卻不願意開口，這讓她感覺到煩躁。

她繼續將照片攤在桌上，並且對著緊閉雙眼不想再看的曉潔說：「請妳看一下這些照片好嗎？」

在陳檢察官的要求之下，曉潔無奈地張開雙眼，立刻又瞪得老大。

原本頑固老高死前痛苦的照片已經被新的照片覆蓋住，而現在這張照片卻更讓曉潔覺得揪心與痛苦。

照片裡面的人已經不再是頑固老高，而是頑固老高的寶貝女兒，高梓蓉的死前慘狀。

比起其他人來說，整個鍾馗派裡面，曉潔最熟悉的除了阿吉與阿畢之外，就是這個被人稱為南派小公主的高梓蓉。尤其當阿吉教導曉潔口訣時，在一些男女有別的地方，也常常會提起高梓蓉，因此曉潔對高梓蓉一直有種熟絡的感覺，眼下突然看到她悽慘的死狀，讓曉潔的情緒從驚愣接著轉變成悲憤，恨恨地瞪著陳憶玨。

「為什麼要給我看這些？」曉潔氣到渾身發抖：「我到底做了什麼要被妳這樣質問？你們真的有證據可以懷疑我殺害這些人嗎？」

或許也感覺到自己的手段有點激烈，陳憶玨沒有多說什麼，只用手蓋住那些照片。

「不是懷疑妳，」陳憶玨面無表情地說：「只是經過這麼多年，目前只有妳這麼一個也許可以提供我可靠線索的人，如果妳覺得不舒服，我可以跟妳道歉，不過……」

陳憶玨停頓了一會之後，仰起頭來說：「這個案子我也有我的私人因素牽扯在裡面，因此不管怎樣我都會追查到底。我很希望妳可以把妳知道的事情告訴我，只要——」

陳憶玨話還沒有說完，一旁就傳來了敲門聲，打斷了陳憶玨的話。

「進來。」

大門打開，探頭進來的是這個分局的分局長。

分局長沒有多說什麼，只使了個眼色，陳憶玨立刻會意過來，要曉潔等一下，然後站起身來走出偵訊室。

曉潔閉上雙眼仰起頭，不想再看攤放在桌上的那些照片。

然而，腦海裡面卻浮現出這幾年來一直埋藏在心中，已經好一段時間沒有浮上心頭的疑問。

到底是什麼原因，讓阿畢犯下這些十惡不赦的罪行？

不過在親眼看到這些照片之後，曉潔卻有了一個覺悟，這個問題或許自己一輩子都沒有答案，因為不管怎樣，曉潔都無法接受阿畢所做的這一切，就算他有再多的原因，也不應該。

偵訊室的門又打了開來，這一次走進來的不是分局長，也不是陳憶玨檢察官，而是一名警員。

警員臉上帶有一點不甘願的神情，對著曉潔冷冷地說：「有人來接妳了。」

曉潔站起身來，跟著警員走到前面的櫃檯，人還沒見到就聽見熟悉的聲音。

「曉潔！」那聲音聽起來有點緊張又有點開心。

曉潔朝聲音的方向看過去，果然就看到一張讓自己緊繃的心情得以稍微放鬆一點的臉孔。

來的人不是別人，正是曉潔在大學最好的朋友亞嵐，還有曾經帶過他們師徒兩代的教官。

4

三人走出警局，教官在稍微問了一下曉潔事情的經過，確定曉潔只是無辜被捲入這起事件之後，便安心地離開。

在教官離開了之後，亞嵐不放心地陪著曉潔，回到了么洞八廟。

在將曉潔所遇到的事情告訴何嬤與阿賀之後，亞嵐決定留在么洞八廟裡過夜，因為對於曉潔為什麼會捲入這樣的風波，亞嵐有太多的疑問。

當然除了這個之外，亞嵐也在曉潔的身上，看到許多讓她不解的情況。

首先，最讓亞嵐不能接受的地方，就是曉潔一點都不迷信。當然這樣的情況或許沒什麼大不了，甚至可以說很正常，畢竟鐵齒又不相信鬼神的人，可能一個招牌掉下來都可以砸死好幾個，可是，對一個滿口口訣，又可以對付鬼魂的人來說，就是個非常奇怪的特例。

除了這點之外，曉潔也常在不經意的情況下，提到兩年前發生在她身上的那起重大事件，到底是什麼樣的大事，早就讓亞嵐十分好奇了。

現在終於有了這個機會，亞嵐當然想要好好問個清楚，好好聽曉潔說說那起發生在兩年前的「事件」。

因為曉潔今天之所以被捲入這樣的情況，很顯然跟兩年前發生的那起事件脫不了關係。

在曉潔位於么洞八廟的臥房之中，這兩個在大學之後才遇到的閨密，就窩在房間之中，好像學生去畢業旅行一樣，完全沒有睡意，只是她們之間的話題，卻是讓曉潔完全開心不起來的回憶。

就在今晚，曉潔將一切的始末告訴了亞嵐，從自己如何在高二的分班之中，被分配到一個全班都是美女、正妹的班級，自己的導師又是如何的雙面人，在校是個木訥的宅男老師，放學後又搖身一變成了金髮潮男。

而關於鍾馗派的始末，以及呂偉道長的過去，口訣的殘缺，光道長的陰謀，阿吉與阿畢之間從摯友到不得不拚個你死我活的死敵，到那場發生在J女中的大決戰，阿吉如何以一敵百，到最後招來了鍾馗祖師結束了這場決鬥，同時也落得煙消雲散的下場，全部告訴了亞嵐。

亞嵐聽到阿吉犧牲的那段，哭得跟曉潔當年一樣悽慘。

「為什麼？」亞嵐擦著自己的眼淚問曉潔：「阿畢到底為什麼要這麼做？」

如果亞嵐問任何其他的問題，或許曉潔都可以勉強找出一點答案。

但是偏偏亞嵐問的這個問題，曉潔經過了這些年，還是沒有半點答案。

對任何其他在場的鍾馗派道士來說，口訣是他們的目標，出人頭地是他們的希望，但是對那時候的阿畢來說，他已經傳承了劉易經的口訣，又墮入魔道，論功力，他的功力甚至在阿吉之上，論地位，他身為下一代鍾馗派的掌門，地位也絕對是阿吉望塵莫及的。

既然如此，他的目的是什麼？到底有什麼值得他這麼做？

曉潔花了兩年也完全想不透，因此只能對亞嵐搖搖頭。

除此之外，亞嵐還有數不清的疑問，關於鍾馗派也好，關於口訣也好，關於那些過去發生的事情也好，亞嵐就好像走入一部恐怖片的世界之中，情緒既隨著過去發生的那些事情起伏，又不斷地壓抑著自己的亢奮。

當過去的事情都講得差不多時，天空也已經平白，遠處還可以聽到車輛往來的聲音。

「所以，」亞嵐皺著眉頭問曉潔：「妳說的那些被驅逐出門的道士，可能有很多根本就是好人，只是反對當時那些組成鍾馗派的道長們？」

「嗯，至少就我知道的，有些人的確是如此。」

「可是那些人，現在卻莫名其妙的一個接著一個死了？」

「嗯，」曉潔點了點頭說：「就目前警方跟我說的，似乎是這樣沒錯。」

「不過，」亞嵐歪著頭說：「妳說那個陳檢察官，卻是為了追查過去的那些鍾馗派道士而去偵訊妳的？」

「嗯。」

「那麼當時是怎麼處理的？」亞嵐沉著臉問：「那麼多無頭屍體，絕對震驚社會，為什麼會完全無聲無息呢？」

「這個我也不知道，」曉潔搖搖頭說：「那天大戰過後，我帶著鍾馗戲偶跟鍾馗四寶就跑回來了，等我再到學校去的時候，已經開學了。我本來以為寒假還沒結束，就會有警察找上門，誰知道完全沒有任何消息。回到學校，就看到學校很多地方都在改建，包括那個室內體育館，而一切就好像都沒有發生過一樣，沒有人提起那件事情，也沒有人找上我。我們的班級被解散，所有同學都被打散到各班。」

「所以，」亞嵐摸著下巴說：「對外面的人來說，這些鍾馗派的道士，就像是一夜之間人間蒸發一樣，就此失蹤了。」

「嗯，」曉潔臉上略顯哀傷地說：「就跟我的師父一樣。」

曉潔說完之後，抿著嘴沉默了一會，看到曉潔這麼難過，亞嵐也不再多問，在心中琢磨著今晚曉潔所說的這些過去。

「所以，」過了一陣子之後，亞嵐才開口問道：「妳有什麼打算？要不要跟陳檢察官說清楚？」

「……我也不知道。」曉潔皺著眉頭說：「嘟嘟妳是這個世界上唯一聽我說過這段事情的人，說不定也是除了我之外，唯一一個知道當時所有來龍去脈的人。妳都沒有懷疑這個故事的真假嗎？」

「懷疑？」亞嵐先是一臉狐疑，然後理解似地點了點頭說：「嗯，如果沒有親眼看過妳用柳枝打鬼，請鍾靈上身這些事情，我想就算我再怎麼熱愛恐怖的東西，也不太可能會相信吧？不過就是因為看過妳對抗過那些惡靈，加上了解妳，知道妳不會騙我，所以才沒有懷疑。」

「嗯，」曉潔點了點頭說：「所以在沒有這兩個前提之下，就算我真的跟檢察官說了這一切，她會相信嗎？當然，如果還有所謂的凶手可以給她找的話，那麼我一定全力配合。問題就在於，不管是阿古還是阿畢，光道長還是所有參與的道士，都已經……」

「嗯……」亞嵐沉吟了一會之後，做出判決般地點了點頭說：「的確是這樣，所以還是不要說比較好。」

事實正如曉潔所說的一樣，這時候把這樣的故事告訴檢察官，先別說她相不相信，光是證據，曉潔就提不出任何一點可以支持她說法的證據。

這樣的情況之下，把這件事情告訴檢察官，說不定反而被檢察官誤會曉潔有心要欺騙她，到時候恐怕只是把情況弄得更糟糕。

可是，過去的那一切，真的可以這樣永遠埋葬嗎？

這點就連曉潔自己都覺得懷疑。

不，這答案其實已經硬生生地擺在自己面前了，不是嗎？

那些莫名其妙死亡的前鍾馗派道士們，不就是過去的陰影，還不斷擋住未來的光明嗎？

想到這裡，更讓曉潔的內心隨之一沉。

而陳檢察官給曉潔所看的照片，也讓她知道頑固老高跟高梓蓉的傷口也跟這次命案的死者一樣。

曉潔曾經聽阿吉說過，墮入魔道的人，就連掐個劍指都有法力，而這樣的法力打在身上，會形成一種特殊的傷口，彷彿有什麼東西從體內爆開來一樣。

所以頑固老高跟高梓蓉還有東派掌門，的確都是死在阿畢的手裡，那麼最近這一年來死亡的前道士們又是怎麼回事？

至少就傷口來說，兩者確實十分相似，但是可以製造出這樣傷口的阿畢，已經被打成肉泥，這點是曉潔親眼所見的事實，不可能有錯。

那麼還有誰可以製造出這樣的傷口呢？

除了阿畢之外，難道還有其他墮入魔道的鍾馗派道士嗎？

就算真的有，那麼他獵殺這些前道士們的目的又是什麼？

旭日東昇，陽光透窗而入，但是曉潔的心卻是陰霾密布，許多無法解釋的問題，一個接著一個浮現。

過去的陰影，就彷彿立在眼前的高樓一樣，徹底遮住了未來的景象。

第2章・以取材為名

1

殯儀館的櫃檯前，高小姐抬起頭，皺眉看著頭頂的空調，汗珠佈滿了前額，整個房間讓人覺得悶到不行。

打從一大早開始上班，櫃檯的高小姐就覺得不對勁，雖然高小姐的工作本來就是處理這些生離死別的文件，但是已經任職了這麼久，大部分心情都不會有什麼起伏，可是不知道為什麼，打從早上開始，高小姐就覺得心裡有點不安。

這種感覺讓高小姐覺得很晦氣，加上早上的跳電，讓工作人員們一時之間也有點手忙腳亂，雖然裡面的冰櫃區有獨立電源，也有自己的發電機，但外面的櫃檯區可沒有。

雖然已經進入冬天，但天氣卻十分炎熱，加上略帶濕度的空氣，讓人更加感到悶熱。好不容易等到復電，但是頭頂的空調卻彷彿沒開一樣，一點都沒有降低室內溫度的感覺。

看著桌上堆積如山的文件，加上這復電後彷彿還沒活過來的空調，就環境來說，的確有很多可以讓高小姐煩心的事情，但是高小姐卻很清楚自己內心深處的不安，跟這些事情都沒有關係，畢竟早在這些發生之前，高小姐的心情就有點浮動，有種草木皆兵的感覺。

在殯儀館擔任櫃檯小姐已經好幾年了，各種光怪陸離的事情可以說是屢見不鮮，高小姐也早就練就了一身好功夫，不容易被任何事情驚嚇或動搖。

因此心中突然浮現這樣的感覺，也著實讓高小姐感到不太對勁，甚至覺得很晦氣。

看了一下牆上的時鐘，距離下班時間不遠了，只要再過幾個小時，隨著太陽的西下，氣溫應該會下降許多才對吧？

就在高小姐安慰著自己的時候，一個身影出現在門口，高小姐定睛一看，進來的不是別人，正是這間殯儀館的館長。

館長沉著一張臉，快步地穿過了櫃檯，連正眼都沒看高小姐一眼，更不用說打招呼了。除了館長之外，身後還跟著幾個人，都是殯儀館高層的工作人員，另外還有劉法醫也跟館長一樣，匆匆地穿過了櫃檯，朝冰櫃室去。

館長本來就不常見，尤其是像這樣大陣仗地朝冰櫃室去，就算是平常也會讓高小姐覺得好奇，更何況是現在這種心神不寧的情況。

可是高小姐不方便追上去八卦，畢竟現在桌上還有那麼多文件沒處理，因此只能壓抑著這樣的心情，坐下來繼續做自己的工作。

高小姐整理著桌上的文件，在這堆文件海，每一份上都有一個名字，而擁有這些名字的人，都已經不在人世了。

面對這樣的工作，需要的是平常心，太多的情緒只會讓工作越來越艱難，今天的情緒就是最好的例子，才處理完兩個案子，就已經讓高小姐覺得喘不過氣，需要站起來活動一下。

剛站起來，就看到以館長為首的一行人，再度魚貫地從冰櫃室裡面走出來，並且一路走出門。

這次高小姐再也壓抑不住自己的好奇，叫住了走在最後面的法醫。

「小劉。」

聽到高小姐的呼喚，劉法醫停下腳步，轉過頭來看著高小姐，高小姐揮了揮手示意要他過來一下。

小劉走到櫃檯前，高小姐用下巴努了努門口說：「發生什麼事了嗎？」

高小姐與小劉一起共事多年，雖然小劉總是會找機會鬧她，例如拿顆酸到不行的橘子給她吃，讓她一整天嘴巴都有股酸味，但除此之外，兩人的感情還算不錯，因此找到了機會，高小姐立刻向法醫小劉打探一下消息。

「妳知道上午跳電的事情吧？」小劉問。

高小姐點了點頭，然後用手指了指上面的空調說：「當然知道，復電之後好像連空調也壞了，你沒看我們都在水深火熱之中。」

「跳電的時候，」小劉說：「我們地下室的發電機不是會自動啟動嗎？」

高小姐點了點頭，畢竟裡面是用來保存大體的冰櫃室，如果斷電而沒有繼續維持低溫的話，可能放在裡面的大體都會出問題，因此只要一斷電，就會自動切到發電機，持續供應電力，一直到復電為止。

「那時候老秦有巡過，」小劉接著說：「確定冰櫃還有電之後，就沒有去巡地下室了。」

「還有電就好了啊，」高小姐一臉疑惑：「幹嘛去看發電機？不是應該有問題才去看嗎？」

「當然不是去看發電機啦，」小劉揮了揮手說：「妳忘記地下室除了發電機之外，還有什麼嗎？」

「啊？還有什麼？」高小姐一時轉不過來。

「那個冰庫啊。」

在小劉的提醒之下，高小姐想起來了，確實在地下室除了發電機之外，還有一個地下冰庫，那裡可以算得上是禁區，就連高小姐在這裡服務那麼多年，去那一區的次數用一隻手就能數得出來。不過提到這個冰庫，還真有些繪聲繪影的傳說，這點只要在這間殯儀館服務過一段時間，就略有耳聞。

會有這樣的傳聞，絕對不是空穴來風，因為任何工作人員都知道，地下室的那間冰庫屬於禁區，要進去還得要有館長的同意。而就那些有幸進去過的員工描述，裡面的情景也非常怪異。除了冰庫並不是嵌在牆中，而是放在正中央之外，冰庫外面綁著一條條粗大的繩索，將整個冰庫五花人綁，就好像隨時要運走，且繩索上面還貼著一張張的符籙，不管是地板還是牆壁上都畫有一些圖案，也顯得非常詭異。

聽說曾經有好事又大膽的員工，問過館長關於那個冰庫的事情，館長的回應也讓人難以接受。說是因為風水的考量，所以算是在那邊佈下一個避邪的風水陣，目的就是希望這間殯儀館不要發生什麼不好的事情。而禁止其他人進入，就是怕有人破壞了風水。

這個解釋非常完美，乍聽之下也非常合理。可是問題就在於，館長一點也不相信風水。什麼都信的他，就是不信風水，甚至非常排斥。因此這樣的解釋從他口中說出來，只要是了解館長的人都不會相信。而且這也沒有辦法解釋，為什麼這個地下冰庫要全年無休一直供電，且裡面到底有沒有大體，也是沒有辦法得知的事情。更讓人不能理解的是，館長對於這個地下冰庫非常重視，只要有任何風吹草動，他都會親自去巡視。

照小劉的說法，今天停電的時候，館長並不在殯儀館內，而老秦照著程序，巡視完樓上的冰櫃，確定沒有斷電之後，就沒有去地下室了。照程序要是館長不在，老秦需要找到人開鎖進去巡視，但是老秦不知道館長不在。巡視完冰櫃室之後，老秦到館長的辦公室報告自己已經巡視過冰櫃，供電正常。辦公室裡面回應了一聲「嗯，了解了。」老秦便離開了，沒有進去辦公室裡面。殊不知當時回應他的人，並不是館長，而是館長的秘書，這個新來的秘書，也不知道館長有自己要親自去巡邏的規矩，因此才會回應老秦，沒將館長不在這件事情告知老秦。而這樣的陰錯陽差，是整起事件錯誤的開端。

地下的冰庫與上面的冰櫃室，為完全不同的兩個發電與供電系統。地下冰庫的發電機，就設在地下室冰庫所在的同一個區域，只負責在斷電的時候，提供地下冰庫的電力。因此樓上的冰櫃室有電，不代表樓下的冰庫也一樣，所以館長才會親自巡視。今天館長不在，又加上那起陰錯陽差的誤會，導致等到館長下午回來時，電力雖已經回復，不過館長得知之後發了一頓脾氣，立刻趕來檢查。這正是剛剛館長會鐵青著臉走過去的原因。

「結果呢？」高小姐瞪大雙眼看著小劉問。

小劉沉著臉，搖搖頭說：「冰庫的發電機故障，所以……」

高小姐聽了，張大了嘴一臉訝異，因為上午那次停電長達三、四個小時，如果沒有供電，很難想像會發生什麼事。

「所以……」高小姐轉了轉大眼睛說：「你看到冰庫裡面的情況了嗎？」

小劉側著頭，一臉惡作劇的表情，似乎有點想要吊吊高小姐的胃口。

「快點跟我說啦。」高小姐拉了拉小劉。

小劉這才笑著說：「沒有看到，不過情況不是很好，因為冰庫已經有點開了，原本綁在上面的繩子也斷了，雖然館長立刻要大家把冰庫打開，可是因為後來復電的關係，門縫結冰了，所以阿彬現在正在融冰，等等才能看到。」

就在兩人說到這裡的時候，阿彬正好從冰櫃室的方向跑來。

「融……融了，」阿彬臉色看起來有點慘白：「通知館長。」

看到阿彬的模樣，小劉跟高小姐都跟著慌張起來，立刻打電話通知館長，過沒多久，館長又帶著剛剛的人馬，再度從櫃檯前走過去。

這一次，高小姐也不管那麼多，丟下櫃檯跟著眾人一起往冰櫃室去。

穿過冰櫃室，眾人來到了位於深處的樓梯，走下樓梯的時候，高小姐還一度擔心這道簡陋的樓梯，會不會承受不了那麼多人的重量而坍塌，畢竟這麼多年來，這可能是第一次有那麼多人同時踩在這道樓梯上。

到了地下室，穿過了發電機，來到了冰庫區前，這時原本長年上鎖的門早就已經打開了，阿彬仍然一臉慘白站在那裡等著眾人的到來。

穿過門縫，冰庫區一覽無遺。

這並不是高小姐第一次進來，不過一進門就被迎面而來的冷空氣，冷到不自覺地抖了一下。

那座冰庫就在房間中央，此刻冰庫的門在冰融化之後，已經順利打開了，眾人一走進房間，冰庫裡面的情況便一目了然。

一具大體，就這樣直直立在冰庫之中。大體的四肢，有著跟冰庫外面一樣的紅色繩索，想來應該是原本綁在冰庫內四個角落，可是此刻已經斷裂開，只剩下一小段斷裂的繩索殘留在大體的四肢上。

館長走到冰庫前，看了看大體，高小姐等人也跟著從館長的身後探出個頭仔細打量這具大體。

只是仔細一看，所有人的臉色立刻都變得跟阿彬一樣慘白。

只見大體雖然似乎還站立在冰庫內，沒有任何動靜，但是大體的雙眼已經微微張開。

更糟糕的是，即便冰庫已經復電，裡面的溫度已經低到讓眾人光是靠近都覺得皮膚有點刺痛，但這具大體身上卻是濕漉漉的，好像身上的冰正在融化一樣。

看到這具大體的模樣，小劉跟高小姐都非常清楚，事情真的很不對勁，而且非常嚴重。

當然，對多年在這邊工作的眾人來說，雖然是第一次遇到這樣的情況，但是當面臨這種事情的時候，他們從上到下都知道一個固定的 SOP。

這個 SOP 的第一步其實非常簡單，就是拿起電話，輸入么洞八廟的電話號碼，過去是將這件事情立刻告訴呂偉道長，而現在則是告訴阿吉那邊這樣的情況。

至於接下來的步驟，就是等呂偉道長或阿吉趕來，他們自然會妥善處理。

「打電話給么洞八廟。」館長下達了命令。

小劉跟高小姐立刻趕回樓上櫃檯，只是兩人作夢也沒有想到，更大的噩耗竟然從電話那頭傳了過來。

繼呂偉道長之後，就連阿吉也已經失蹤兩年了，目前生死未卜。

這是兩人完全沒有辦法想像的狀況。

掛上電話，高小姐知道，自己心頭那股不安到底是怎麼回事了，這一切都是在告訴自己，要發生大事了。

2

詹祐儒曾經在大一的時候，順利出版了一本小說，對一個大學生來說，這可是無比的榮耀。

當別人還在嘴砲自己在網咖打線上遊戲的戰績時，詹祐儒的人生已經奪下了第一座堡壘。

在這之後，一切都像出版小說一樣順遂，在大學校園裡成為焦點人物，上電視參加節目錄影，詹祐儒覺得自己就好像那些還在求學階段就已經爆紅的藝人一樣。當時的他，可以說是處於人生的巔峰狀態，不管走到哪裡都是眾人目光的焦點，平均每天都可以收到兩三封情書。

走在校園的路上，總會遇到許多陌生的臉孔向自己打招呼，並且寒暄似地詢問下一本小說的進度。不只有同學，甚至連系上的教授都提過相同的問題。

「下一本小說什麼時候會出啊？」

「出書的時候記得提醒我喔，我一定會捧場的。」

「系學會經營得有聲有色，但是也不要忘記小說喔。」

類似的話語彷彿整點會報時的時鐘一樣，一天下來詹祐儒都得聽上幾十次。

然而隨著時間過去，距離上次出書已經快要一年了，詹祐儒的第二本小說卻遲遲沒有問世。

在成功順利出版了第一本小說之後，詹祐儒打鐵趁熱，寄了一堆計畫與新的想法給編輯，並且立刻著手準備自己人生的第二本小說，詹祐儒甚至連如廁時想到的一點點子，都會馬上把它文字化，寄給編輯。

然而編輯總只要他不要著急，沒有正面回應他的計畫，不過後來或許經不起詹祐儒的追問，又或者說是糾纏，在經過了半年後，出版社給了詹祐儒回應。

「因為你還在就學，編輯部這邊希望你能多專心在課業上。」這是出版社官方給詹祐儒的回答。

然而編輯則私下告訴了詹祐儒一個血淋淋的事實，就是他所出版的第一本小說嚴重滯銷，市場反應極度不佳。因此下一本的出書計畫，也就胎死腹中了。

對詹祐儒來說，這是人生最大的打擊。為了這件事情，他曾經痛哭了幾天幾夜，連飯都吃不下。

不過這件事情，除了詹祐儒與編輯之外，當然沒有任何人知道。

只是對詹祐儒來說，小說家這條路是不容動搖的，他還是對這個行業懷有理想與抱負。因此既然實體書這條路暫時受到了阻礙，詹祐儒決定開始在網路上發表自己的創作，希望可以重起爐灶。

他開始在網路的知名論壇發表創作，當然他不想讓人家知道他的道路受阻，因此換了個筆名，甚至刻意不提過去曾經出過書的事情，完全以匿名的方式發文。

可是迴響卻十分有限，大一的時光就這樣流逝了。

雖然小說之路或許沒有詹祐儒想像中順利，但是校園生活一切不受影響，備受歡迎的他成為了中文系的系學會會長，風光程度更勝以往。

來到了大二，遇到詢問小說進度的人，詹祐儒總是笑笑地表示因為對系學會有責任，所以很忙，沒時間寫小說。

說是這樣說，但詹祐儒仍然埋頭於小說創作，希望有朝一日可以東山再起，只可惜他在網路上發表的文章卻不像他的熱情般受到歡迎。

不過這個現象，在這陣子有了突破性的改變，這點連詹祐儒都想像不到。

在遇到曉潔之後，詹祐儒的人生彷彿來到了另外一個世界，接二連三遇到自己想都沒有辦法想像出來的事件。每次的事件，都讓他嚇破膽，甚至有種死裡逃生的感覺。

不過在撿回一條命之後，仔細回想卻覺得這恐怕是值得跟子子孫孫炫耀的事件，然而詹祐儒等不到那個時候，他立刻把在迎新晚會上發生的事情記錄下來，並且花時間將它改編成小說，貼到論壇的靈異版。

這部強調以自身經歷寫成的小說，描述一個大一的女生，在迎新晚會的時候，如何幫助一個卡到陰的學長。故事中大致是描述，一個對自己的直屬學長一見鍾情的大一女生筱婕，由於直屬學長是系學會會長，又是學校風雲人物的關係，備受矚目，因此本以為這段感情會是遙不可及的奢望，然而卻在迎新晚會的時候，遇上了一起難以解釋的靈異事件，甚至讓自己的學長也捲入其中，一度危及性命。然而筱婕出身廟宇，是廟公的女兒，或許就是這樣的緣故，讓她對道士非常反感，完全沒有繼承家業的打算，更不可能成為道士。但是如今為了自己心愛的學長，筱婕還是拿起符咒，舉起桃木劍，披上道袍，為自己心愛的學長斬妖降魔，將學長救了出來。而兩人之間，也產生了一股曖昧之情……

這部小說才剛貼上靈異版，立刻獲得極大的迴響，讀者們熱烈地討論著裡面的劇情，跟時下的恐怖故事完全不一樣，因此引起了讀者們的喜愛。不只如此，就連劇中的高帥學長與漂亮學妹之間的感情，也是大家注目的焦點。

這樣的發展完全超乎詹祐儒的意料之外，當然同時也讓詹祐儒徹底體認到，原來將自身的經歷寫出來，竟然會如此受到大家的喜愛。

因此在台中行之後，詹祐儒也馬不停蹄地在家趕工，將小說的第二集完成，並且貼上論壇。

果然跟第一集一樣，小說剛貼出就立刻爆紅，獲得的迴響比起第一集更是有過之而無不及。讓讀者們更興奮的是，在第二集的結尾部分，當學長與學妹一起回台北的途中，學妹筱婕因為疲累而靠在學長的肩膀上，透過說夢話的方式，竟無意間向學長告白了，更是讓眾多讀者敲碗催促第三集。

不過這些都還不是讓詹祐儒開心不已的事情，真正讓詹祐儒狂喜的是，當第二集貼出之後，竟然有出版社寄信，表示想要出版這部系列小說的實體版。

這對詹祐儒來說，根本就是美夢成真，想不到自己的低潮竟然就這樣靠著毅力與努力突破了！

就在詹祐儒還在考慮要不要沿用舊筆名，還是用新筆名來闖江湖的時候，事情出現了變化。

一開始的異狀是發生在那些廣大迴響的回應貼文之中。

「你那個算什麼？」

「我看都只是你們繪聲繪影吧？」

「驅魔女大生？別鬧了，我們學校的那個男神才是真正的高手。」

類似這樣不以為然的留言，一開始詹祐儒還完全不在意，想不到過幾天，同一個論壇的靈異版中，竟然也出現了類似的小說，名稱更直接，就叫做《驅魔男神》，擺明衝著詹祐儒而來。

這篇小說與詹祐儒一樣，寫的都是大學生的親身經歷，只是差別在於作者與主角的性別，詹祐儒的驅魔女大生是學長與學妹的故事，而對方則是女性為作者，道士身分的大學生則是男性，兩人之間是同學關係。

故事跟詹祐儒的差不多，都是遇到靈異事件之後，由一個大一的新生出來解決。雙方甚至連解決的手法，都同樣扯到了口訣與操偶，這讓原本支持詹祐儒的讀者非常不滿，指控對方抄襲。

只是故事貼出來之後，對方也跟詹祐儒一樣，迅速獲得了廣大的迴響，累積讀者的速度，竟然跟詹祐儒不相上下。

雙方的粉絲就這樣，在論壇裡面筆戰，戰到連論壇管理人都不得不出面將文章封鎖。

這突如其來的抄襲與挑釁，還不是讓詹祐儒最痛的，真正讓詹祐儒感到心痛的是，原本聯絡的出版社竟然在那篇文章登出之後，對詹祐儒表示出書計畫可能需要再評估。

因此詹祐儒知道，自己必須正面跟那個不知道哪裡冒出來的驅魔男神對決，只有端出更精采的第三集，才能徹底打敗對手。

因此詹祐儒打算打死不退地黏著曉潔，並且期待下一次事件的到來。不，應該說，詹祐儒本來就有這個打算，只是現在以「取材」為名，更加名正言順而已。

做出了這個擁有冠冕堂皇理由的決定之後，詹祐儒立刻跑到恐怖社，向曉潔提出希望可以貼身取材的要求。

「所以……」詹祐儒對曉潔與亞嵐說：「為了可以獲得更多素材，我決定成為一個專業的小說家，用雙眼雙腳來取材，盡可能日以繼夜地跟著妳，就是要記錄下那些靈異事件，寫成故事讓更多人知道。」

「不要。」曉潔完全沒有半點猶豫地回絕。

「對啊，」亞嵐一臉不以為然地說：「怎麼聽都像是日本癡漢的藉口，就是跟蹤狂吧？」

「哈？」詹祐儒張大嘴，一臉不屑地說：「我的粉絲一人吐妳一口口水，妳都會淹死。說我是跟蹤狂？這是專業與誠意，妳懂什麼。妳以為只要隨便掰掰就可以寫小說了嗎？小說寫的是經歷！未經一番寒徹骨，焉得梅花撲鼻香，這意境妳懂嗎？」

儘管詹祐儒說得口沫橫飛，但亞嵐仍是一臉淡然，雙手盤胸搖搖頭說：「不懂，我只知道這是藉口。」

「膚淺！」詹祐儒冷哼了一聲說：「這就是妳！」

「討人厭！」亞嵐也不甘示弱地回擊：「這就是你！」

雖然曉潔拒絕了，但詹祐儒當然不是那麼好回絕的男人，在那之後，詹祐儒與他的跟班們開始更加明目張膽地跟著曉潔，不過總是保持著一定的距離，可是每次只要亞嵐跟曉潔回頭，總會看到那些熟悉的身影。不要說一大早要上學的時候，甚至連三更半夜起床上廁所，都可以看到廟門口有詹祐儒的跟班看守。

這讓曉潔覺得太誇張了，先別說這樣的事情有多麼奇怪，光是被人不分日夜地看著，就讓曉潔有種備受監視的感覺。

當然曉潔也可以跟學校通報詹祐儒的行為，不過評估自己與詹祐儒之間的名聲差距，加上一心想要低調實在不希望把事情搞大，為自己的背上再多加幾把刀，因此曉潔只能選擇跟詹祐儒攤牌。

幾天後，社團活動結束之後，曉潔找上了詹祐儒。

「如果未來還有事件發生，你要跟可以，」曉潔對詹祐儒說：「但是我們要先約法三章。」

此話一出，不要說詹祐儒一臉訝異，就連身旁的亞嵐也是驚訝萬分。

「沒問題，」詹祐儒先是愣了一下之後，回神猛點頭：「只要學妹妳開口，我一定遵守。」

「首先，」曉潔用手比了個一說：「你不能再叫人跟著我們，如果真的有發生什麼事件，我們會跟你聯絡。」

聽到曉潔這麼說，詹祐儒有點猶豫。

「天啊，」曉潔一臉難以忍受地說：「你真的不能這樣對你的朋友，三更半夜還要守在廟門外，這也太欺負人了吧？」

「不是我強迫的，」詹祐儒一臉無辜地說：「他們都是被我的熱忱感動，自願幫我完成我取材的需求。」

亞嵐聽了白著眼搖搖頭。

「我不管是不是自願的，」曉潔沉著臉說：「這真的都太過火了，總之跟蹤必須到此為止，這已經是我最大的讓步了，從今天開始，我回頭時不想再看到你或者你的那些朋友了。」

看到曉潔的態度堅決，雖然詹祐儒很擔心曉潔說話不算話，但是也知道關於這點曉潔真的不可能再退讓了。

「好，」詹祐儒勉強地答應：「但是學妹妳一定要說話算話，一定要通知我。」

聽到詹祐儒答應，曉潔才點了點頭。

「就這樣？」

「還有另外一點，」曉潔皺著眉頭說：「我不管你最後寫成怎樣的小說，絕對不能提起我的名字跟我的資料。」

詹祐儒立刻點頭如搗蒜，畢竟這點對詹祐儒來說，絕對沒有問題。雖然他已經寫完了兩集，並且早就在網路上刊登，不過他用的名字是筱婕，不是曉潔。

「還有嗎？」詹祐儒問。

曉潔皺著眉頭用力地想了一會，才不甘不願地搖搖頭。

雙方就此達成協議，詹祐儒也心滿意足地離開社辦。

「妳真的答應他取材啊？」詹祐儒前腳才剛離開，亞嵐立刻問曉潔。

「不然能怎麼辦？」曉潔一臉無奈，攤了攤手說：「妳還想要一回頭就看到那些跟屁蟲嗎？」

亞嵐想了一會，聳了聳肩。

「答應是答應了，」曉潔臉上掛著一抹淡淡的微笑說：「不過就算有事，應該也就只剩那最後一個縛靈了吧？只要處理完這件事情，我應該就不會再碰類似這樣的事情了。」

曉潔說得篤定，卻完全沒看到一旁的亞嵐臉色立刻垮了下來，失望的神情全寫在臉上。

曉潔若是停止分享這些關於另外一個世界的事情，亞嵐的失望恐怕遠遠勝過於詹祐儒吧？

只是此刻就連曉潔也不知道，類似這樣的計畫與想法，從來就不是自己所能決定的。

3

詹祐儒還算是個守信用的人，自從答應了曉潔的條件之後，真的就不再派人跟蹤曉潔了。

這對從上大學之後，就一直被人跟著的曉潔與亞嵐來說，真的舒坦很多。

這點就連曉潔自己都想不到，原來被宛如背後靈般的人跟著，會有這麼不舒服，光是那種被監視的感覺，就讓人非常不愉快。然而這種不愉悅的感覺，也是在獲得解放之後，才徹底感覺到實際上的落差。

兩人在校園內走著，可以暢快地說笑、打鬧，也不用在意後面跟屁蟲的眼光，這讓兩人度過了愉悅的一個禮拜。

然而這段時光，比曉潔所想像的還要短。

在答應詹祐儒之後過了一個禮拜，曉潔參加完社團活動，跟亞嵐一起吃過晚餐後，獨自回到了么洞八廟時，天色已經是一片昏暗。

這時早就已經過了么洞八廟對外開放的時間，然而當曉潔回到么洞八廟時，就在一樓大廳外面的走廊上，看到了何嬤正在跟兩個人交談。

從背影看起來是一對男女，兩人似乎正在跟何嬤溝通著什麼事情。

雖然說目前大部分廟裡的事務，主要都是何嬤在處理，但是此時的曉潔終究也算是這間傳奇廟宇的主人，因此朝三人走過去，想要看看到底是什麼事情。

還沒靠過去，何嬤就看到了曉潔，朝著她招了招手，要她過來。那對原本在跟何嬤交談的男女，看到何嬤招手，也跟著回過頭來，曉潔這才看清楚兩人的長相。

這兩個人對曉潔來說，雖然不是很熟悉，但至少都有過一面之緣，記憶力拔群、尤其是在記人方面又特別出色的曉潔，當然立刻想到兩人的名字與身分。

女子是在殯儀館的櫃檯，被阿吉稱為「高大美女」的高小姐，另外一個則是跟阿吉一樣喜歡捉弄人，曾經拿超酸橘子給高小姐吃的劉法醫。

兩人都是在殯儀館裡面工作，只是不知道為什麼會在這個時間出現在廟裡。

何嬤正要向曉潔介紹兩人，曉潔就已經向兩人打招呼了。

「高小姐、劉法醫，」曉潔向兩人點了點頭說：「你們好，好久不見了。」

聽到曉潔這麼說，兩人都是一臉狐疑。

「大約兩年前，」曉潔笑著提醒兩人：「我曾經跟阿……洪老師一起去過殯儀館，那時候見過你們。」

「……喔，」劉法醫想了一會之後說：「妳就是那時候的學生啊，哎呀，妳沒穿校服我都認不出來了。」

曉潔微笑不語，即便她了解這只是客套話，就算她換上當年的校服，恐怕劉法醫也沒有那麼好的記憶力認出自己。

「就像我剛剛說的，」何嬤在旁邊補充：「這個小女孩，就是我們么洞八廟現在的負責人。」

這話說出來，讓劉法醫跟高小姐不禁臉色都有點沉。

這樣的反應讓曉潔想起當時在警局，警方發現自己是一間廟宇的負責人時，也差不多是這樣的表情。

一個未滿二十歲的小姑娘，繼承了這樣的一間廟宇，本來就有點突兀，因此這樣的反應，似乎也算是正常。

「請問發生什麼事情了嗎？」曉潔問。

高小姐與劉法醫互看一眼之後，高小姐側了側頭，示意劉法醫開口。

「嗯，」劉法醫轉向曉潔說：「事情是這樣的，在我們殯儀館裡面，有個不為人知的地下室，裡面除了發電機之外，還有一個特製的冰庫，那個冰庫裡面……嗯，我就直說吧，冰庫裡有一具古屍，事實上那個冰庫就是為了冰凍那具古屍才設置在地下室。」

雖然曉潔對殯儀館的設施也不是很了解，不過光是聽到地下室有個特製的冰庫專門用來冰封一具古屍，就已經夠讓人不自覺地皺起眉頭了。

「而那個冰庫所使用的電，」劉法醫繼續說：「跟樓上那些冰櫃使用的是不同線路，就連預防停電的時候所用的緊急發電機，也跟其他設備完全分隔開來，基本上可以視為是完全獨立的設施。今天早上，因為旁邊的隧道施工，挖斷了電線，造成我們殯儀館停電。」

感覺到事態不尋常的曉潔，沉著臉點了點頭。

「正常來說，」劉法醫說：「一旦停電，冰櫃區樓下的發電機就會啟動，自動提供冰櫃與冰庫電力。而依照正常的 SOP，我們也會派人去巡視冰櫃與冰庫，確保它們供電正常。偏偏今天在陰錯陽差的情況之下，沒有檢查到地下室的冰庫，也因此冰庫斷了電卻沒有人發現……」

「所以那具古屍現在的情況如何？」曉潔問：「不會電力到現在還沒恢復吧？」

「雖然現在電力恢復了，」劉法醫搖搖頭說：「冰庫也恢復正常的運作，但是那具古屍仍然持續在退冰。我們對於實際上的情況也不太了解，不過那肯定不是科學可以解釋的現象，而對於這具古屍的情況，我們真的不是很了解，畢竟現在大部分的員工，都是在冰庫建造完成之後才進入殯儀館的，所以對當年的情況並不清楚。我跟高小姐也是到今天才知道，那個冰庫裡面裝的竟然是一具古屍。」

曉潔點了點頭表示了解，但是心中卻充滿了疑問。

殯儀館底下有具冰封的古屍，光是這一點就夠讓曉潔問上好幾個為什麼。

「通常依照我們的 SOP，」劉法醫繼續說：「過去有類似這些……比較匪夷所思的事情，只有一個步驟，就是打電話給貴為國師的呂偉道長所在的么洞八廟。即便在呂偉道長仙逝之後，我們也是打電話聯絡阿吉。所以，當今天發生這樣的事情，我們第一時間也是立刻打電話到這裡，結果才知道原來阿吉已經失蹤兩年了。基於個人交情，畢竟我跟阿吉也認識好幾年，高小姐也是，所以我們才親自來一趟，想要了解情況。」

「實際上的情況，」曉潔臉色略顯哀傷地說：「就跟何嬤告訴你們的一樣，阿吉的確失蹤兩年了，所以現在恐怕沒辦法幫你們。」

聽到曉潔這麼說，兩人的臉色又更加沉重了。

「你們沒有其他可以求助的地方嗎？」

「當然我們殯儀館除了國師之外，」劉法醫皺著眉頭說：「也有一些配合過的道觀和寺廟，不過寺廟方面表示這類問題沒辦法處理，而道觀方面……我們也試圖聯絡呂偉道長的師兄，也就是你們稱為光道長的那邊，但是得到的也是同樣的答案，原來光道長也跟阿吉一樣失蹤了，所以我們覺得事情有點不對，同時也不知道該怎麼辦，才會特別來一趟，想要了解到底為什麼那麼多道長們都失蹤了。」

聽到劉法醫這麼說，曉潔內心道：不，他們不是失蹤，而是被祖師爺給滅了。

不過這些曉潔當然不可能說出口。

「那現在那具古屍的情況怎麼樣？」

「情況非常糟糕，」劉法醫猶豫了一會之後說：「我甚至懷疑就算阿吉沒失蹤，也不知道能不能解決。不，我曾經親眼看過阿吉的身手，所以對他的功力沒有半點懷疑。但是那個冰庫，並不是出自阿吉之手，而是……」

劉法醫抬起頭來望向二樓，呂偉道長生命紀念館的方向。

「阿吉的師父，也就是呂偉道長當初一手設計與監工製造的。」劉法醫接著說。

想不到殯儀館的地下冰庫，竟然是呂偉道長一手設計的，讓曉潔臉上浮現出驚訝的表情。

「至於當年，」劉法醫說：「為什麼會有這樣的冰庫，我們也不是很清楚，所以才會特別希望可以找到了解這些東西的人，希望得到一個答案。」

說到這裡，一旁的高小姐用眼神暗示了劉法醫，要他問曉潔。

「那個……」劉法醫抿著嘴問：「聽何嬤說妳繼承了這間廟宇，那麼這方面……不知道妳……？」

雖然劉法醫說得扭捏，但是曉潔非常清楚劉法醫想問的，其實就是自己到底有沒有繼承阿吉的衣缽。

「我的確是阿吉的徒弟，」曉潔臉色有點沉重地說：「不過……」

「不過她並不像阿吉，」一旁的何嬤幫曉潔接著說：「在出師之前有機會跟著師父去外面見見世面，所以我希望你們打消要找她幫忙的念頭，因為我覺得太危險了。她年紀還太輕，真的需要一點時間，阿吉也走……失蹤得太突然，我們都沒有準備好。」

「可是……」本來劉法醫還想要多拜託個幾句，可是看到了何嬤的臉色，也知道何嬤是非常認真的，因此點了點頭說：「好吧，我們了解，那我們再另外找人看看。」

劉法醫說完，與高小姐一起向兩人點頭示意。

「希望你們可以早日找到阿吉，也希望阿吉一切平安，那我們就先告辭了。」

兩人轉過身，朝著廟口而去，看著兩人的背影，曉潔心中卻浮現出一種前所未有的沉悶。

那個冰庫跟這座廟一樣，都是呂偉道長一手創建的……

如果還有鍾馗派的道士存活下來的話，那麼或許還有很多除了自己之外，更好的解決人選吧？

偏偏在那一年的大戰之中，幾乎所有的道士都已經……

而僥倖逃過那個劫難的道士們，現在又被不知名的人士獵殺……

……如果阿吉還在的話，現在的他會怎麼做呢？

這點應該無庸置疑吧？

想到這裡，曉潔眼前不自覺地浮現出阿吉的影像，阿吉的身影跟離去的兩人一樣，背對著曉潔，一起向外面走去。臨行前，似乎還會說出那句噁心到不行的話：「當然去啊，因為義無反顧。」

「……等等！」曉潔叫住了快要走到大門口的劉法醫與高小姐。

一旁，何嬤輕輕拉了拉曉潔的手，曉潔轉過來看著何嬤，何嬤皺著眉搖搖頭，曉潔回以苦笑，然後輕輕地點了點頭。

至少也應該去看一下，這是曉潔單純的想法。

身為呂偉道長與阿吉一脈單傳下來的弟子，曉潔心中萌發出一點點小小的責任感，當然，現在還像是幼苗般的這個火苗，未來將會演變成怎樣的燎原大火，此刻就連曉潔自己都還無法想像。

4

的確，曉潔的內心十分掙扎。

對於這個決定，就連何嬤都不贊成，畢竟曉潔繼承的是口訣，不像阿吉或者呂偉道長一樣，從小就一直跟著自己的師父南征北討，光經驗來說，就不是曉潔所能比得上的。

在阿吉實際上脫離呂偉道長之後，不知道累積了多少經驗，對付過多少難纏的鬼魂，在這些經驗的堆疊之下，才真正的獨當一面。

曉潔卻是以近乎囫圇吞棗的方式，硬背下那些口訣，然後在毫無經驗，甚至連對口訣都可能沒那麼有信心的情況之下，要面對這一切，的確有很大的難度與風險，也需要很大的勇氣。

但是，如果曉潔真的撒手不管，那麼呂偉道長一路傳承下來的么洞八廟，會不會就真的連一點被人記得的價值都沒有了？那麼自己傳承了這些口訣，到底意義又在哪裡？

在答應兩人過去看看的剎那間，曉潔發現自己雖然打從心裡不把自己當成繼承人來看，頂多……只是一種代為保管口訣的人，可是當這樣的事情發生時，她又不希望讓阿吉或者是呂偉道長在天之靈失望。

因此驅動著自己的，正是那個在心中逐漸萌芽的責任感，身為呂偉道長的徒孫、阿吉的徒弟，還有繼承了這座傳奇性十足的廟宇，這是她所應該一起肩負的責任。

更何況很多事情都還不確定，說不定什麼事情都沒有，就好像曉潔最近看過的一本暢銷書，書名叫《你所煩惱的事，有九成都不會發生》一樣。

曉潔告訴自己，說不定情況不像自己所想的那樣糟糕。

總之，先去看看情況再說吧。

做好這樣的打算，曉潔開始準備一些很可能會用到的東西，從兩人口中所描述的情況，如果真的有什麼不對勁，應該主要也是喪或屍吧？

畢竟喪、屍應該是殯儀館中最常見的兩種情況，就曉潔所傳承下來的口訣來說，喪屬於中階，屍屬於低階，都不算太難解決。

屍為低階，大部分都屬於人為，就像當年陳純菲的媽媽那樣，養屍靈或者小鬼，而少部分會出現借屍還魂的現象，也被歸類在屍。不管是哪一種，口訣都有詳細的解決辦法。

比較複雜的應該算是喪，也就是俗稱的殭屍。在鍾馗祖師所傳承下來的口訣之中，之所以會形成殭屍，主要就是後事沒有辦好。在處理後事時，沒有辦法化解死前的怨氣或屍氣，以及沒有找到合適的地方，將大體安葬好，這些都是形成殭屍的主因。而根據各個大體所匯集到的屍氣不同，殭屍本身的強弱也非常良莠不齊。屍氣比較輕的，也就是比較簡單的情況，只要辦個法會，或者是補強一些儀式與步驟，就可以輕鬆解決。不過要是比較重的，就可能會演變成跟那些港產的殭屍電影一樣的場面。然而就算真的走到這一步，只要按照口訣，應該都不會太難才對。至少，對曉潔來說，就是這麼單純的一件事情。

既然有了目標，曉潔準備的東西當然也是以喪與屍這兩個種類為主。喪，最重要的就是糯米、硃砂與符。屍，除了香與符之外，最重要的恐怕就是羅經，畢竟如果是人為的情況，找到實際上下咒的人，會比處理屍體本身還要關鍵。

準備好一些可能用得到的東西之後，曉潔重重地嘆了一口氣。

有件事情，在她整理與準備法器的時候，就一直宛如夢魘般纏繞在她的心頭。

她知道自己不能閃避這一點，不管怎麼說，曉潔也不想因為這樣愚蠢的約定，而被冠上不守信用的汙名，更不要說如果被詹祐儒發現了，他說不定又開始宛如跟蹤狂般的尾隨。

不過她實在不想單獨跟詹祐儒去，因此在打給詹祐儒之前，曉潔先打了電話給亞嵐。

除了不想單獨跟詹祐儒出去之外，如果事後被亞嵐知道他們一起去而沒跟她說，說不定會比沒約詹祐儒還要糟糕。

畢竟她現在是曉潔最好的朋友，她不想惹她不高興，更不想被她唸到死。

電話接通之後，曉潔問亞嵐有沒有興趣跟自己一起去殯儀館看看。

或許是因為殯儀館這個地方，對很多人來說，並不是個適合出遊的地點，亞嵐猶豫了一會之後，才決定瞞著自己的哥哥，與曉潔一起去。

在跟亞嵐通過電話之後，曉潔這才萬般無奈、百般抗拒地打電話給詹祐儒。

聽到詹祐儒那頭掛上電話之前的歡呼聲，讓曉潔有種想要掐死自己的衝動。

三人約好一個小時後，在殯儀館的前面會合，然後一起夜訪殯儀館，感覺就好像是另外一種究極版的試膽大會，不過這是殯儀館方面提出來的要求，而曉潔也是基於自己正逐漸萌發的使命感所驅，決定去看看之下的結果。

然而即便是曉潔，也不知道他們此行將會面對多麼恐怖的情況與對手。

第3章・舊地重遊

1

夜晚的殯儀館，有種非常詭異的氣氛，這點完全超乎詹祐儒的想像。光是站在門口，看著殯儀館旁邊的隧道口，就感覺好像有股吸力，將全身上下所有的勇氣全都吸進去。

完全不敢面向隧道口，也不敢面向殯儀館的詹祐儒，只能盯著遠方的馬路，祈禱曉潔跟亞嵐可以快點出現。

連集合都還沒集合，詹祐儒就已經開始後悔了。

過去那兩次的經驗，雖然帶給了他小說方面的突破，但是相對的，也讓他的人生蒙上恐懼的陰影。

這樣的恐懼，只要在一個人獨處的時候，就隨時都有機會浮現在詹祐儒的心頭。

詹祐儒就連洗個頭有時候都會莫名感覺到一陣恐懼，彷彿身後正站著一個人準備在自己毫無防備的時候偷襲，這讓他連好好洗個頭都沒辦法，只能像是在當兵一樣極為狼狽地五秒洗完。又或者是從一陣惡夢中醒來，看到房間光線所形成的陰影而恐懼不已。

終於在經過漫長的等待，雖然其實也不過只有十分鐘，但是詹祐儒卻覺得這是他人生中最漫長的一段時間，才看到曉潔與亞嵐搭車前來會合。

三人會合之後，立刻走進殯儀館，門口的警衛事前已經知道曉潔會來，因此打了通電話進去，過了一會就看到高小姐走過來。

高小姐帶著三人來到櫃檯，然後一路穿過位於西側的冰櫃區，直直朝著走廊深處而去。

在高小姐的帶領下，三人走進地下室。

「小心你們的腳步，」高小姐提醒：「這些階梯似乎不是很牢靠。」

三人之中曉潔走在最前頭，就緊跟在高小姐的後面，比起樓上的冰櫃區，地下室有一股淡淡的霉味，頭上有著一道道管線，不知道是什麼管線，不時發出低鳴聲，聽起來就好像有人隔著牆壁在呢喃一樣。

走在這樣的環境中，詹祐儒覺得如果不是前面有三個女性跟著自己一起下來，就算拿刀子抵住他，他也不想一個人自己下來這種地方。

穿過了發電機的區域，三人來到了冰庫所在的房間，才剛踏入房間，三人就立刻被房間裡面的布置嚇了一跳。

這絕對不是一般的布置，不管是牆壁上還是地板上，都畫滿了類似符咒的東西，而且燈光有點昏暗，因此看起來更增添了幾分詭異的色彩。

然而不知道為什麼，看著眼前的房間，讓曉潔想起當年跟著陳伯一起走進的，陳純菲媽媽用來養屍靈的房間，兩者間有種說不出的雷同感。

不過讓曉潔覺得更不可思議的地方是，眼前的一切對曉潔來說都非常合乎邏輯，每一處符文，曉潔都知道它的意義與目的。比起在陳純菲媽媽的那個房間時，現在的曉潔不再是個什麼都不懂的女高中生。

牆上與地板上所寫的符文，稱為息氣陣，一般都是佈在怨氣或屍氣等很重的地方。透過符文可以稍微平息這些不安定的氣，在鍾馗派口訣中算是很基本的陣，佈陣方法分布在喪、凶等類的口訣之中。

「曉潔，」一旁的亞嵐問：「這些妳看得懂嗎？」

曉潔點了點頭，然後向亞嵐簡單地解釋了一下這些陣的功用。

「所以，這些都是為了鎮壓這個冰庫裡面的東西嗎？」

「嗯，」曉潔點了點頭說：「恐怕真的是這樣。」

三人走到冰庫前，為了阻止大體的融化，所以工作人員還是把門關起來，這時為了讓曉潔可以看清楚裡面的情況，高小姐再度將冰庫的門打開。

冰庫的門一開，三人朝裡面一看，都是一臉驚訝，這本來應該就是理所當然的事情，畢竟三人從來沒見過在冰庫中還能挺立的大體，因此驚訝是可想而知的，然而不只有曉潔三人而已，就連高小姐這位曾經見過的人，臉上也是一臉訝異。

大體正如高小姐與劉法醫在么洞八廟時向曉潔所說的一樣，繩索完全掙脫開來，並且維持著站立的姿勢。即便是處於供電中的冰庫，大體的身上仍然沒有結冰，看起來反而像是剛從水裡爬出來一樣。

這種景象，對於第一次見到裡面情況的人來說，本來就很震撼，但是對高小姐來說，卻仍然還是有著同樣的震撼性，主要的原因就是人體的體態與情況，跟先前所看到的情況有著明顯的不同。

大體的雙手，不同於先前垂在兩側，而是很明顯地向上抬了一些，除此之外，更讓高小姐感覺到驚恐的，還是大體的雙眼，原本只露出一條縫的雙眼，現在已經微張到可以看到眼珠的程度。

注意到高小姐的臉色，曉潔皺著眉頭問高小姐：「有什麼地方不對嗎？」

「剛剛……」高小姐顯然有點驚魂未定，比了比大體說：「之前，不是這樣，他的眼睛沒有那麼開，而且動作好像也不太一樣，手比先前還要抬高了一點。」

當然，就算沒有先前高小姐跟劉法醫的說明，光是看著眼前的大體，曉潔也立刻察覺到不對勁的地方。

其中最顯而易見的就是大體身上的水分，如果說是溫度不足才導致融冰，那麼不應該只有大體身上的冰融化，在這個冰庫裡面所有結冰的地方都應該會融化才對，然而此刻冰庫裡面，唯一感覺濕潤的只有大體身上的衣服與皮膚而已。

除此之外，最讓曉潔感覺到不對勁的就是大體腳邊的情況，大體的腳邊被冰封住，感覺就好像是天然形成的冰腳鐐般，封住大體的腳。

照曉潔的研判，應該是大體身上融化之後，所形成的水，順著地心引力向下流，流到腳邊之後，又因為低溫的關係逐漸結冰，因此才會在大體的腳邊形成一處結冰處，感覺就好像冰鎖般，鎖住了大體的腳，在腳邊形成有如冰錐般的結冰。

就眼前的情況來說，就算不像曉潔這樣擁有口訣，也可以稍微理解形成這些景象的成因，唯一不能理解的應該就是為什麼即便恢復了溫度，還是沒辦法阻止大體的融化。

「為什麼，」亞嵐在曉潔身邊，代表眾人將心中的疑問提了出來：「即使已經那麼低溫了，大體還是不會結冰？」

「簡單來說，」曉潔苦笑：「就是大體已經開始退冰了。」

對於曉潔給的這個非常簡單又單純的答案，亞嵐回了一個死魚眼。

「我就說簡單來說了，」曉潔接著說：「實際上當然有很多原因，不過大致上來說，就是很單純，大體已經開始退冰了，如果不加以處理，不管溫度再低，他都不會再回到冰封。」

「那該怎麼處理？」高小姐問。

「在處理之前，」曉潔皺著眉頭說：「照理說還是要先確定一下比較保險一點。」

「確定什麼？」

「確定我們眼前的這個大體，真的是我心中所想的那個狀況。」曉潔摸著下巴說。

聽到曉潔這麼說，原本還有疑問的亞嵐跟高小姐，突然都噤聲不語，反而只有詹祐儒完全不清楚眼前到底是什麼狀況。

眼看兩人都不問，詹祐儒只好自己開口發問。

「學妹妳想的是怎樣的狀況？」

詹祐儒才剛發問，曉潔還沒回答，就看到亞嵐與高小姐一起轉過頭來看著他，臉上都是一臉不可思議的表情，彷彿詹祐儒問了一個很蠢的問題。

「等等就知道了，」曉潔沉著臉說：「相信我，你不會希望遇到我心中所想的那個狀況的。」

2

台北有兩座殯儀館，每天都有許許多多喪禮在這裡舉行，對住在台北的人來說，不管願不願意，只要生活在台北，總有機會造訪此地。

這並不是曉潔第一次來到這裡，諷刺的是，不管是上一次還是這一次，曉潔都不是為了參加緬懷先人的喪禮而造訪此地。

在兩年多前，曉潔就曾經跟著阿吉來到這裡，那時為的是一個在學校門口因車禍而喪命的男同學。為了測驗那個男同學的死因，有沒有什麼不對勁的地方，阿吉還特別在男同學的大體前面進行了測驗。

再度來到這個地方，過去的回憶湧現在曉潔的腦海中，那時候曉潔是硬跟著阿吉來的，但是才剛來就跟現在的詹祐儒一樣後悔。

不過真正讓曉潔想不到的是，今天竟然會在這個相同的地方做出相同的事情，而且這一次測驗的人不是阿吉，而是自己。

曉潔請高小姐跟詹祐儒一起搬來一張桌子，然後將桌子架在冰庫的外面。

曉潔將糯米裝在香爐中，然後放在桌子上，另外一邊則拿出一顆橘子，點了三支香插在橘子上面。

一看到曉潔手上的橘子，高小姐不自覺地皺起眉頭，因為一次非常不好的經驗，讓高小姐只要一看到橘子，嘴巴裡面就會不自覺地產生出一股酸意，別人是望梅止渴，她變成了見橘發酸。這樣的感覺讓她不自覺又在心中咒罵小劉一頓。

雖然也經歷過相同的事情，不過當初接下橘子的時候，曉潔多少已經有了點心理準備，所以沒有留下那麼大的創傷，不過當自己跟阿吉當年一樣，在桌子擺上這兩樣東西的時候，讓曉潔想起了阿吉，因而不自覺地紅了眼眶，嘴角也跟著下垂。

站在一旁專注地拿筆記下曉潔動作的詹祐儒，注意到了曉潔的表情，不免覺得狐疑，因此靠了過去。

「學妹，」詹祐儒皺著眉頭低聲地問：「這是妳的親人嗎？為什麼妳一臉好像快哭了的樣子？」

「要你管！」沒好氣的曉潔白了詹祐儒一眼，然後將香點燃。

點燃香之後，接下來就是等待的時刻了。

高小姐因為今天剛好輪班，所以先上樓了，地下室只剩下曉潔等三人，他們靜靜地等待著試驗過後的結果。

曉潔看著牆壁上的符文，發現很多符文都已經有點斑駁了，看起來就是需要修補一下的模樣。

待在沒有半點聲音的地下室，加上光線又不是很充足，還有牆上的塗鴉，斷掉的紅線，最後再來個冰庫裡解凍中的大體，讓亞嵐跟詹祐儒都覺得坐立難安。

「那、那個學妹啊，」詹祐儒哭喪著臉說：「現在到底是什麼情況，測驗還需要多久，可以先跟我說明一下嗎？」

一向跟詹祐儒唱反調的亞嵐，這一次難得贊成詹祐儒的話。

「就跟他說吧，曉潔，」亞嵐雙手抱在胸前說：「不然一直沒有聲音，的確有點沉悶。」

聽到兩人這麼說，曉潔點了點頭，走到了兩人面前。

「妳剛剛說，」眼看曉潔願意回答自己的問題，詹祐儒立刻把握住機會：「希望不會是妳想的那種情況，到底是什麼情況？」

「……喪。」曉潔沉吟了一會之後說：「一般來說，在殯儀館最常見的就是喪與屍這兩種情況，不過這次的事件，從各種跡象看起來，似乎都比較偏向喪。」

詹祐儒一臉狐疑，從字面上聽起來，不管是「屍」還是「喪」的確都很符合殯儀館給人的感覺，只是詹祐儒不明白這屍跟喪指的到底是什麼。

「所謂的喪，指的是……？」

「喪就是俗稱的殭屍，」曉潔說：「殭屍的形成，一般都是後事沒有辦好，因此口訣第一句便是『喪有誤，因此成喪』。」

「所以，」亞嵐皺著眉頭說：「曉潔妳的意思是，如果沒有照著一定的儀式，屍體就會變成殭屍？如果這樣的話……那不是很容易嗎？」

「嗯，那是理論上來說，」曉潔側著頭說：「但是實際上，比起需要照著什麼儀式來做，不如說有些事情需要避免，比較貼近口訣裡面所說的。簡單來說，就是一些禁忌，只要不要違反，多半都不會有事。」

聽到曉潔這麼說，亞嵐立刻聯想到自己最愛的殭屍電影《暫時停止呼吸》裡面，林正英師父就是在起棺遷葬的時候發現屍變，當時兩人在社團一起看過電影之後，曉潔也有說裡面的情節完全合乎殭屍的情況，讓亞嵐一度驚喜不已。

「就像妳上次看完電影跟我說的，」亞嵐說：「葬的地方錯誤所導致的屍變，是屬於末喪？」

「什麼電影跟什麼末喪？」詹祐儒一臉疑惑地說：「不能白話一點解釋嗎？」

「嗯，」曉潔點了點頭說：「以白話來解釋的話，就是身後事簡稱為喪，而依照時間點的不同，從斷氣到頭七，我們可以稱為初喪，頭七到滿七這段時間我們稱為中喪，而入土之後，我們稱為末喪。當初我們在社團看的那部電影……」

「暫時停止呼吸。」亞嵐幫曉潔補充。

「對，」曉潔說：「電影裡面是葬錯穴，雖然我不是很懂風水，不過像這種情況就是入土之後，屬於末喪。依照錯誤的時間點所產生的屍變，呈現出來的殭屍也不一樣，就是口訣裡面所提到的『初喪能奔、中喪能行、末喪能躍』。我們看到的殭屍電影，就是所謂的末喪，只會跳跳跳地移動，但是如果是死後七日之內，不但能跑能跳，活動自如，幾乎所有我們體能所能做得到的，初喪都能做得到。」

「我想當年拍電影的班底，一定有做道士的。」亞嵐瞇著眼睛說出她的領悟。

「如果照學妹妳說的，」詹祐儒側著頭說：「那麼初喪不就比較恐怖，能跑能跳，這個冰在這裡那麼久了，不就一點都不恐怖了？」

詹祐儒這麼提問，曉潔還沒有回答，亞嵐的臉上倒是已經浮現出「你怎麼會問出這種那麼沒有水平的問題？」的表情。

「不是這樣，」曉潔搖搖頭回答：「因為初喪的屍氣多半比較輕，所以就體能來說跟我們活著的人差不多，中喪與末喪所累積的屍氣比較重，雖然行動比較遲緩，但是不管是力量還是傷害力來說，都比初喪要來得強悍。簡單來說，初喪之力不如中喪，中喪之力更不如末喪。這完全都是因為他們累積的屍氣程度有著天壤之別所致。」

詹祐儒原本已經夠困惑了，此刻聽了曉潔的解釋，更是張著嘴一臉癡呆的模樣。

「我到底問了什麼？」詹祐儒無奈地搖搖頭說：「算了，我也不想搞懂了，香燒得差不多了吧？」

三人走到冰庫前，過了好一陣子，香也已經燒得差不多了。

才剛靠近，三人第一眼就看到了那三支插在橘子上的香，三支同一時間點燃的香，此刻，有兩支已經燒到根部，但是其中有一支卻感覺像是才剛點燃的一樣。

「這香的品質也差太多了吧？」看到這景象，詹祐儒只能做出這樣的解釋。

但是一旁的亞嵐，看到香燒成這樣，瞪大了雙眼，好像看到非常不可思議的畫面一樣。

「人最忌三長兩短，香最忌兩短一長，偏偏就燒成這個樣子……」

亞嵐喃喃地說，每說出一個字，亞嵐的嘴角就向上揚起一度，說到最後整個微笑就這樣掛在臉上，雙眼睜得大大的。

「哈？」詹祐儒張大嘴說：「現在是角色錯亂嗎？怎麼連妳也開始說起口訣？」

「那不是口訣，」曉潔無奈地瞇著眼說：「她在說電影台詞。」

「真的燒成兩短一長，」亞嵐完全無視兩人，仍然死命盯著那三支香說：「天啊！這真是太神奇了！」

當然，看到了這樣的香，曉潔也非常清楚，答案就在眼前了。停放在這裡的這具大體，並不是因為鬼作祟而死，而是真的產生了屍變。

換句話說，那裝在香爐裡面的糯米……

曉潔靠向前，探頭朝香爐裡面看，亞嵐跟詹祐儒見狀，也一起將頭探過去。

當三人一起望向裝有生糯米的香爐時，驚訝的表情不約而同浮現在三人的臉上。

「糯米……」曉潔說。

「……變黑了。」亞嵐接話道。

「也就是說？」詹祐儒問。

「確定是喪，」曉潔沉著臉說：「殭屍。」

與曉潔呈現出強烈對比的，正是站在一旁的亞嵐。

看到亞嵐一臉難以掩飾的興奮，曉潔不免無奈搖搖頭說：「妳到底在高興什麼啊？這件事情很糟糕耶。」

「我、我沒有高興啊。」亞嵐回。

「妳的嘴角……」曉潔冷冷地說：「一直都是上揚的。」

「啊？是這樣嗎？哈哈，我完全沒有發現。」

「妳很喜歡殭屍片吧……？」

「……嗯。」亞嵐轉向那三支香，繼續讚嘆道：「兩短一長，沒想到真的可以燒成兩短一長。這三支香可以讓我帶回家嗎？」

「還說不興奮。」曉潔揮揮手說：「當然可以。」

完全不同於亞嵐親眼見到這些香與糯米的變化而感到興奮不已，曉潔的心情可是整個沉到了太平洋底。

「希望我也可以跟妳一樣樂觀就好了，」曉潔看著冰庫內的大體說：「這個我可能沒辦法處理。」

確定了對方真的是喪，而且恐怕是威力非常強大的喪，這已經遠遠超過曉潔所能處理的範圍了。

「趁現在，」曉潔看著大體沉吟了一會說：「我們必須趕快將大體燒了，不然可能我們所有人都會有危險。」

3

曉潔之所以會答應高小姐與劉法醫前來，主要還是因為喪，曉潔比較不需要煩惱該如何處理。畢竟口訣不但尚算完整，就連呂偉道長留下的口訣也包含很多實戰經驗的成分，因此整體來說，雖然自己本身沒有經驗，但曉潔覺得如果可以照著口訣走，或許會跟那些低階的靈體一樣好處理。

可是口訣裡面有一個隱憂，那就是每只殭屍，也就是喪靈，都有個罩門，也就是弱點。而問題就在每具殭屍的罩門都不一樣，不實際動手根本不可能知道，不過那是在要將它消滅的時候才需要擔心的問題。

如果只是要制伏對方，把對方重新冰回冰庫中，就不太需要擔心。

除此之外，對於所有的殭屍來說，不管是東方還是西方，初喪還是末喪，都有個非常共通的處理方式，就是火化。

只要將屍體火化成灰，幾乎可以處理所有的問題。

在經過測驗之後，曉潔非常清楚眼前的，恐怕是屍氣非常強的末屍。對於眼前的狀況，也有了大致上的了解。

在早上停電之後，由於陰錯陽差的關係，沒有巡視到這個冰庫，導致冰庫已經斷電卻沒有人發現。冰庫裡面的冰因為斷電的關係而融化，雖然現在已經看不出來，不過裡面很可能也有一些符文，是用來鎮住這具陳年古屍的屍氣，但是在融化之後，水將符文沖刷，加上原本肯定是以硃砂繩綑綁住大體，水也會將硃砂沖走，導致繩索失去法力，壓不住屍氣的情況之下，自然應聲而斷。外面的繩索多半也是如此，外面的符文雖然倖免於水難，但是因為年久斑駁，效力也是大打折扣。

這些效果不彰的符文與繩索，導致的結果就是這具原本被壓制住的大體，進入甦醒階段，這階段是不可逆轉的，除非等大體甦醒後，再度壓制住，才能讓他再度進入冰凍的狀態。

這點剛好與電影《暫時停止呼吸》一樣，由於起棺遷葬的關係，導致殭屍甦醒。電影中的林正英道長，做出的建議也是立即火化。

這是阻止殭屍最好的辦法。

一旦甦醒，不管是誰，恐怕都沒有絕對的自信，可以對付威力如此強大的殭屍並且全身而退。

因此，在甦醒之前，先將殭屍火化，正是最好的解決辦法。

在做出這樣的決定之後，曉潔請亞嵐跟詹祐儒去找高小姐，自己則一個人留在地下室，看著冰庫裡面的大體。

兩人離開之後，曉潔才終於有了一點時間，可以冷靜下來好好思考一下眼前所面對的狀況。

其實有件事情，一直縈繞在曉潔心中，就是關於這座冰庫本身存在的原因與意義。

從現場的布置來說，冰庫似乎就是為了鎮住這樣的大體，這些曉潔非常可以理解。

但是真正的問題就在於，為什麼要這樣做？有什麼非要鎮住這具殭屍的原因嗎？為什麼當初不直接火化遺體呢？

類似這樣的問題，從發現那些徘徊在男生宿舍五樓的縛靈開始，就一再出現在自己的面前。

那些縛靈也好，這具殭屍也罷，為什麼呂偉道長或者阿吉都不收拾乾淨呢？用這樣的方法來鎮住殭屍，不是本來就有封印被破解的風險？

到了這個時候，萬一沒有像他們一樣高強的道士，情況不就可能變得很糟糕？甚至出現被害者也不意外，不是嗎？

對此曉潔開始產生了疑惑，只要會害人的，應該就是踩到了該被收拾的底線，這曾經是阿吉告訴過她的，可是不管是學校的那些縛靈，還是眼前這個冰庫裡面的傢伙，都很明顯有傷人的能力，為什麼他們還是放過它們一命？沒有將它們徹底解決呢？

有什麼不能火化這具大體的理由嗎？

想到這裡，曉潔打算好好看看這具大體，說不定答案就在自己的眼前。

曉潔走進冰庫中，走到了大體的身旁，驟降的溫度讓曉潔不自覺地環抱著雙手。

這是曉潔第一次這麼近距離看著這具大體。

被冰在這裡的大體是具男屍，從正在逐漸解凍的外表看起來，大體死亡的年齡大約是三十多歲，還算年輕。外表的穿著看起來很現代化，不像電影裡面還穿著清朝時期的服裝，當然對於這點，亞嵐非常不滿意。

曉潔觀察了一下男子的脖子與手指，也沒看到什麼高貴的首飾或珠寶之類的東西，光從外表與裝飾品看起來也看不出有什麼特別的地方。

換句話說，曉潔沒有看到任何男子不能被火化的原因，當然時至今日，還是有些人無法接受火化這件事，不過都已經屍變了還堅持不火化，實在有點不太尋常。

當年在J女中發生了一連串的事件時，曉潔也因為真相不明的關係，一度懷疑過自己的導師阿吉。當然最後證明這一切都跟阿吉無關，可是在真相尚未大白之前，曉潔著實度過一段痛苦的懷疑時光。

沒有什麼比懷疑自己尊敬的人還要更讓人掙扎了。

而現在看著眼前這具大體，曉潔心中又再度浮現出這樣的感覺，她實在不明白有什麼原因不能將這具大體火化，不過關於這點，曉潔安慰自己倒也不必想那麼多，因為等等提出建議後，如果不能火化，高小姐跟劉法醫應該就會給自己一個原因了。

就在曉潔這麼想的同時，身後傳來了聲音，亞嵐與詹祐儒將高小姐帶來了。

曉潔將自己的建議，也就是盡快火化大體的想法告訴了高小姐。

「我想應該沒什麼問題，」高小姐想了一會之後說：「其實早先我們在一直找不到人來協助處理的情況之下，是有考慮過將大體火化，這也算是我們在真的沒有辦法的情況之下，所能採取的最後手段，當時有跟館長討論過，館長也認為這是最後手段。」

「嗯？」對於高小姐的說法，曉潔感到疑惑。

原來是可以火化的？既然這樣的話，為什麼……當年不這麼做？

「不過就像我說的，」完全沒察覺到曉潔異狀的高小姐接著說：「我們把它當成了最後的解決辦法，最理想還是找個了解……這方面的人來看看，至少這樣火化得也比較心安一點。既然妳都這麼建議了，事不宜遲，我先去找人幫忙。」

高小姐說完之後，立刻拿出手機打了通電話給劉法醫，要他過來幫忙。

在等待劉法醫的過程之中，曉潔的心思仍然放在剛剛高小姐的回答上，原本還期待高小姐可以跟自己解釋一下這具大體不能火化的原因，想不到他們竟然打從一開始就有火化這具大體的打算，這讓曉潔不得又再度被先前的想法所困擾，既然沒有不能火化的原因，當年為什麼不直接火化掉就好了？何必這麼大費周章地將他冰封起來？

曉潔試著詢問高小姐這個問題。

「為什麼當初不直接將他火化呢？」

「不好意思，」高小姐側著頭說：「其實當年的情況我也不太清楚，所以不明白當初沒有火化的原因，我們有問過館長，館長也說不出個所以然，因為建造這座冰庫是在上一任館長的時候，所以詳細情況他也不是很清楚。在交接的時候，上一任館長只有告訴他，如果冰庫出問題，就立刻聯絡呂偉道長，我們也是因為這樣，所以才想說在火化之前，找個熟悉的人來看看。」

正當曉潔想要追問下去的時候，劉法醫帶著工具來到了地下室。

想要搬動這具大體，第一個需要解決的問題就是結在大體腳邊的冰塊，如果不將它們敲碎或融化，完全無法移動大體，因此劉法醫帶來了可以用來燒融冰塊的噴火器。

既然劉法醫已經將需要的器材都帶下來了，準備將大體火化的作業也立刻開始進行。

劉法醫燒著大體腳邊的冰，產生了大量的煙霧，地下室通風不良，即便已經將抽風機開到最大，還是沒辦法讓水霧氣散去，整間冰庫區都籠罩在一層霧濛濛的水蒸氣之中。

燒了一陣子之後，終於看到大體有點搖晃，似乎差不多已經快要可以搬動了。

「差不多快可以了。」劉法醫對其他人說。

在這段期間，曉潔手上一直捏著符，深怕有個萬一，大體提早甦醒，自己也可以隨時應對。

而眼看大體似乎越來越不穩，高小姐則是扶住了大體，以防他倒下去。

雖然到頭來都還是要火化，不過劉法醫還是盡可能小心不要燒到大體，或許就是因為自己也是從事相關行業的職業習慣——尊重大體的關係。

「融化之後要怎麼運過去火爐那邊？」曉潔問：「要再去多找幾個人嗎？」

「其他人都下班了，」高小姐說：「去推個推車來吧。」

現場的人員中，劉法醫在融冰，曉潔戒備著突發狀況，高小姐則扶著大體以防他倒下，只剩下亞嵐與詹祐儒兩人沒事做，去將推車推下來的重責大任當然就落在兩人身上了。

「在前面發電機的後面，」高小姐對不熟悉環境的兩人說道：「有條推車用的通道，你們可以從那邊上去，找到推車之後原路回來。你們上樓之後，往前走，到最接近櫃檯的那條走廊右轉到冰櫃區，那邊有個拉門，今晚因為是我留守，所以沒上鎖，你們直接把拉門打開，然後走到冰櫃室最裡面，那個房間裡有推車。」

原本在高小姐指引路線的時候，還很用心記著路線的詹祐儒，在聽到高小姐說冰櫃區的時候，身體顫了一下。

「那個……那個。」詹祐儒欲言又止。

「怎麼了嗎？」

「那些冰櫃……」詹祐儒吞了口口水說：「裡面……有裝什麼嗎？」

「……大體啊。」

高小姐臉上浮現出「這是哪門子的問題啊？」的表情。

「喔，果然還是有嗎。」這句話與其說是回應高小姐，不如說是詹祐儒對自己說。

「是的，」高小姐面無表情地說：「因為這裡是殯儀館啊。」

看到詹祐儒一臉僵硬的模樣，讓亞嵐真是好氣又好笑，靠在詹祐儒旁邊調侃地問：

「你該不會是怕了吧？」

「不是怕，」詹祐儒嚴正否認：「只是……不想經過而已。」

「就是怕啊。」亞嵐白了詹祐儒一眼。

眼看兩人完全沒有動作，高小姐催促道：「你們怎麼還不去？都快要可以搬動了，快點。」

在高小姐的催促之下，兩人這才動起來，照著高小姐剛剛的指示，跑上一樓之後，直奔櫃檯方向，在快要到櫃檯前的走廊右轉，拉開通往冰櫃區的拉門。

由於剛剛才被亞嵐調侃，詹祐儒這下可不願意再被這個學妹輕視，因此才剛拉開拉門，詹祐儒就一馬當先衝進去。

豈料才剛進去，詹祐儒瞬間整個人跪倒向前滑，後面跟著的亞嵐，原本還以為詹祐儒只是腳滑了一下，才會跌倒滑出去，誰知道一衝入冰櫃區，就連亞嵐都差點被眼前的景象嚇到腿軟。

這到底是怎麼一回事啊？

兩人不約而同地張大了嘴，尤其是前面的詹祐儒，不但腿軟，還想要尖叫，但是看到眼前的這個景象，讓詹祐儒完全不敢發出聲音，準備發出尖叫的那一口氣，又硬生生吞了下去。

只見本來應該在一格一格的冰櫃裡面躺好的大體，此刻全部都出來了，一個接著一個直立在開啟的冰櫃前。

看到這等景象，就連熱愛殭屍片，看到殭屍的第一個反應是興奮無比的亞嵐都感到不寒而慄，雞皮疙瘩浮現在手臂上。

從牆上透氣窗所透射進來的月光，看得出這一具具站在冰櫃前的大體還在微微晃動，彷彿隨時都會轉過身來，讓兩人更是不敢移動。

看到這景象，兩人終於有了覺悟，這一次三人所面對的狀況，恐怕比先前兩次的經驗都還要來得恐怖多了。

第4章・三十年前

1

亞嵐與詹祐儒兩人怕驚動到這些已經往生卻直挺挺地站在自己冰櫃前面的亡者們，連呼吸都不敢發出聲音，佇立在原地過了好一會，直到確定這些亡者都沒有其他動靜，才敢緩緩移動。

亞嵐先去把腿軟到連自己站起來的能力都失去的詹祐儒扶起來，兩人才緊緊靠在一起，宛如兩人三腳般慢慢退回門外。

退回門外之後，兩人不敢將拉門拉上，怕發出聲音驚動到這些亡者，因此也不敢立刻拔腿狂奔，只能緩慢地向走廊深處退去，一直到距離逐漸拉遠之後，兩人才開始轉身朝地下室衝去。

兩人在與那群大體對峙的過程之中，花了不少時間，因此當兩人驚慌失措地逃到地下室的冰庫室時，三人已經準備好要搬運大體了。

但是三人沒想到的是，他們兩人去了那麼久，竟然空著手回來。

「同學，」劉法醫整張臉都綠了：「你們是來觀光的嗎？怎麼去了那麼久空手回來？」

「沒找到嗎？是我說得不夠清楚嗎？」高小姐臉色有點尷尬。

不過身為兩人的同學，曉潔當然了解他們，詹祐儒就算了，但是亞嵐絕對不是連這點小事都辦不好的人。

「發生什麼事了嗎？」曉潔問上氣不接下氣的兩人：「你們的臉色怎麼那麼白？」

兩人一到安全距離就立刻拔腿衝到樓下，一口氣有點喘不過來，因此連話都沒辦法好好講，所幸兩人默契還不錯，分工合作倒是將情況說了出來。

「樓上……」亞嵐說。

「冰櫃……」詹祐儒接著說。

「開了……」亞嵐又說。

「裡面的大體……」

「都站起來了……。」

「啊？」這下換三人異口同聲地張大了嘴。

為了確認一下眼前到底是什麼狀況，曉潔等兩人喘口氣稍微休息一會之後，才跟著兩人一起上樓，留下高小姐跟劉法醫兩人在樓下看著那具大體。

臨行前，曉潔還將符留給了高小姐與劉法醫。

「如果他有什麼動作，這符可以保護你們。」曉潔對兩人說。

交代完之後，三人一起上樓，一來到冰櫃區，亞嵐與詹祐儒有了前車之鑑，放慢腳步，然後跟在曉潔身後，不敢發出聲音。

看兩人這樣杯弓蛇影，好像真的見到什麼東西一樣，曉潔也不敢大意，來到冰櫃區外，探頭進去看。

這一看，就連曉潔都大吃一驚。

愣在原地一會之後，曉潔終究還是繼承了鍾馗口訣的人，立刻有了反應。

曉潔從包包裡面拿出了一些黃色的符籙，然後分給了詹祐儒與亞嵐。

「快點，把這些符……」

曉潔還沒有說完，亞嵐就已經在旁邊接話了。

「貼在這些屍體的額頭上，對不對？」

亞嵐的口氣有點興奮，讓曉潔有點哭笑不得，只能苦笑地點了點頭。

「這要怎麼貼？」詹祐儒一臉狐疑：「妳不給個膠水或什麼的嗎？」

曉潔完全不想解釋，直接走到其中一具大體的旁邊，將符一舉，啪的一聲，熟練地就將符貼在大體的額頭上。

「就這樣貼。」

看到曉潔的示範之後，詹祐儒也依樣畫葫蘆，果然不需要任何工具，只要將符貼在大體的額頭上，符就會自然而然地貼住了。

三人就這樣分工合作，將手上的符一張張貼在這些站在冰櫃外面的大體額頭上。

雖然還是很害怕，不過想不到自己竟然跟電影裡面的道士一樣，拿著符籙一張張貼在這些大體的額頭上，讓亞嵐在恐懼的心情之中，夾雜著一點點興奮的情緒。

三人分工合作，將所有站在冰櫃外的人體，一一貼上了符咒，並且再三檢查沒有遺漏任何一個之後，才退出冰櫃區。

一直到這個時候，曉潔才向兩人解釋眼前到底是什麼樣的情況。

「你們有聽過『湘西趕屍』嗎？」曉潔問兩人。

亞嵐用力地點著頭，但是一旁的詹祐儒卻搖了搖頭。

亞嵐幫曉潔向詹祐儒解釋，所謂的「湘西趕屍」，就是一種流傳在湘西地區的行業。將大體送回家鄉安葬，一直都是華人的習俗，而在過去交通不發達的時代，湘西趕屍就是為此誕生的行業。不過由於運屍的過程都在晚上，而且為避人耳目，所以充滿了許多傳奇的色彩。曾經見過湘西趕屍的人流傳，那些被運送的大體，都是自己跳著跟在師父的後面，也正因為這樣的傳聞，才誕生了許許多多華人的殭屍片，其實源頭都是來自於湘西趕屍。

沒聽過湘西趕屍，但是看過殭屍片的詹祐儒，當然也看過電影裡面那些殭屍特殊的移動方式，不過詹祐儒作夢也沒有想到，這些竟然是源自於真實的世界。

在詹祐儒了解了所謂的湘西趕屍之後，曉潔向兩人解釋：「我聽我師父說過，喪有一個特性，就是會傳染，當然這種傳染跟我們所認知的傳染病不一樣。在那些殭屍電影裡面，被咬到的人都會變成殭屍，那就是喪的傳染。不過那不是唯一的，又或者可以說，那是對活人來說的傳染，但是喪其實對其他的屍體也有相同的傳染力。」

聽到曉潔這麼說，詹祐儒臉上一臉困惑不說，就連這方面悟性極高的亞嵐也是有點疑惑。

曉潔對兩人的困惑了然於心，因為當時聽阿吉說的時候，自己也有同樣的表情。

「我舉個例子，」曉潔將當時阿吉說的例子告訴兩人：「在多年前就曾經發生過，一個在中國的考古團隊，發現了一座古墳，裡面埋葬的屍體已經變成了殭屍。當然對那些有經驗的團隊來說，面對這樣的情況，自然有可以幫忙處理的道士。在處理完之後，當他們調查附近周邊其他的一些墳墓之後就發現，裡面埋葬的大體，幾乎都有殭屍化的現象。其實這些大體並不是真正成為殭屍，而是受到那座古墳裡面的殭屍影響，吸收了所謂的屍氣，才會變成殭屍。」

亞嵐似懂非懂地點了點頭後，側著頭問：「不過這跟湘西趕屍有什麼關係？」

「湘西趕屍其實就是利用這樣的特性，」曉潔回答：「所有趕屍的師父們，都會有一具被控制的殭屍，那具殭屍在他們的口中就是所謂的『領頭師父』。這些領頭師父多半都是真正喪化的殭屍，而靠著領頭師父的屍氣感染，後面那些不是真正殭屍化的大體，也可以像殭屍一樣動起來，以方便搬運的工作。因此對那些趕屍的師父們來說，領頭師父的屍氣，往往成為重要的關鍵。如果屍氣太強，那麼後面的大體將會難受控制，甚至連趕屍師父都可能有危險。相反地，如果屍氣太弱，後面的感染不足，就會難以動彈，大體容易軟弱無力，無法順利運行。因此這些趕屍師父的名聲與功力，幾乎都取決於自己所控制的那具領頭師父的力量。」

「換句話說，」亞嵐望向冰櫃區的方向說：「我們現在面對的這個……」

「嗯，」曉潔點了點頭沉著臉說：「恐怕屍氣不是一般殭屍所能比擬的。」

竟然能夠在這樣的距離下，感染這麼多具大體，地下室的那具殭屍若真的甦醒過來，威力恐怕不是曉潔能夠想像的。

而這也正是讓曉潔擔憂的地方，光是從地下室冰庫的擺設跟設計，就已經讓曉潔感覺到不對勁了，現在看到了冰櫃區的現象，更讓曉潔確定情況真的如自己所預想的一樣——地下冰庫所存放的大體，果然是非常危險的殭屍。

學校的縛靈只是安置，並沒有處理，這件事就已經讓曉潔困擾過了，現在又再度出現只是鎮壓卻沒有處理的情況，這讓曉潔完全想不通，心中也因此蒙上了一層不安。

學校的事情就算了，對於縛靈陣，曉潔現在還不太了解。但是眼前這個喪靈的情況，曉潔仔細回想了一輪口訣，還是沒辦法找到合理的解釋。

除喪必火化，不管是電影還是口訣裡，只要能夠制伏殭屍，幾乎都是當場將大體火化，這可以說是基本中的基本。

一般來說不火化的情況，曉潔只能想到是因為親人的不捨，即便到了現代，還是有人對於火化先人的大體有排斥的想法。

或許就是因為這個緣故，當初呂偉道長選擇不火化，不過除了火化之外，還是有其他方式可以消滅這樣的殭屍，既然已經制伏了，呂偉道長絕對有辦法將殭屍消滅才對。

那麼為什麼沒這麼做呢？雖然就現場看起來，嚴格來說已經是盡可能做到萬無一失了，但是既然曉潔現在人在這裡，就證明了百密終有一疏，這點應該在機關算盡了之後，就可以料想得到才對。就好像在口訣之中有提到的，「留此禍害，後患無窮」一樣。

難道說這背後真的隱藏了許多自己所不了解的原因嗎？

「那麼現在該怎麼辦？」詹祐儒鐵青著臉問。

「我也不知道，」曉潔沉吟了一會之後，搖了搖頭說：「我還需要多點訊息才能判斷，我需要再找館方的人員談談才行。」

2

曉潔不曾見過呂偉道長。

對於呂偉道長的一切，也完全是從他人那邊聽來的。

因此曉潔根本不可能了解呂偉道長，在不了解的情況之下，當然也不可能猜到當年呂偉道長這麼做的用意。

可以火化卻不火化，反而蓋了一座大冰庫在地下室，怎麼看都不是一件明智的行為。

阿吉曾經告訴過曉潔，呂偉道長在理解口訣方面是天才，不需要墮入魔道，也可以從口訣之中，找到許多別人想不到的辦法，來解決所面對的詭異情況與強大靈體。

既然如此，那麼為什麼呂偉道長沒辦法處理這個大體？

明明最簡單的解決辦法就在眼前啊。

這點讓曉潔想破了腦袋也想不明白，因此曉潔決定還是先問個清楚再說。

到底過去發生了什麼事情……？

曉潔帶著亞嵐與詹祐儒穿過那些佇立在自己冰櫃前的大體，來到了冰櫃區深處的房間，在裡面找到了推車。

三人將推車推出來，並且小心地避開走道上面那些佇立的大體，將推車推到了地下室。

「在將大體火化之前，」曉潔對高小姐說：「我希望可以先問一下，在建造這座冰庫之前，這裡發生過什麼事情。」

「怎麼了嗎？」高小姐一臉疑惑。

「我想妳是對的，」曉潔抿著嘴說：「或許真的應該先搞清楚，再決定火化是不是最好的辦法……。」

「還有什麼疑慮嗎？」劉法醫問。

「嗯，」曉潔摸著下巴說：「目前看起來整件事情真的很奇怪，明明可以火化就解決的事情，為什麼不這麼做？這點我怎麼想都想不明白，尤其是你們說，當初這麼安排的人是呂偉道長，這就讓我更難以理解了。所以我想如果可以話，看看有沒有人知道過去到底發生過什麼事，又是什麼原因讓呂偉道長決定這麼做。」

「這個我們已經問過了，」劉法醫搔了搔頭說：「在去找你們之前，我們已經問過類似的問題。不過目前整個館內的人員，包括館長在內，服務最久的是三十年，所以我們只知道冰庫和裡面的大體，都是在三十年前就存在的，至於三十年前發生過什麼事情，根本沒有人知道。」

「那麼那些退休或者是離職的人呢？」曉潔問：「你們有問過他們嗎？」

聽到曉潔這麼問，劉法醫與高小姐互看了一眼，然後搖搖頭。

畢竟對他們來說，三十年前發生了什麼，其實不算是真正很重要的事情，最重要的是找到呂偉道長或阿吉這樣的道士，自然可以解決這個問題，因此他們並沒有去追問三十年前的事情。

「你們有辦法聯絡到那些人嗎？」曉潔皺著眉頭說：「如果可以的話，我希望能夠在火化大體之前，知道三十年前到底發生了什麼事情。」

「可是……」高小姐皺著眉頭一臉為難地看著躺在推車上的大體：「這大體已經快要解凍了。」

或許在曉潔介入之前，大家只關注在為什麼不管冰庫溫度多麼低，都沒辦法讓大體停止解凍，但是在曉潔解說過後，眾人現在只希望在他完全解凍之前，能趕快處理掉。

畢竟就算是熱愛殭屍的亞嵐，肯定也不希望看到大體解凍之後甦醒的情況吧？

「沒關係，」劉法醫在一旁說：「我們開火爐也需要時間，至少需要半小時以上，在這之前高小姐就試著聯絡看看吧？我們照原定計畫繼續準備火化大體，等一切都準備就緒若還沒能聯絡上，就……到時候再看看吧？」

劉法醫提出了兩全其美的辦法，曉潔與高小姐當然異口同聲贊成。

雙方就這樣分工合作，高小姐試著去跟過去那些在館內工作的人員聯絡，而曉潔與劉法醫等人，則開始準備火化大體。

四人推著推車，先將大體推上了一樓。

由於殯儀館的特殊性，所以其實所有動線都有規劃過，有條動線是規劃給大體從冰櫃區移往各禮儀廳，一方面是為了避免讓大體推在路上，另一方面也是為了防止讓人在無意之間撞上還沒有入棺入殮的大體。

畢竟華人的文化中，關於喪禮這方面有許許多多的忌諱與規矩，而且各宗教信仰的規矩與忌諱都不盡相同，為了盡可能做到大家都滿意，殯儀館在這方面也算是費盡了苦心。

只是這樣的設計，對現在的四人來說，絕對不是一件好事。因為這代表著，他們又得穿過冰櫃區，然後從冰櫃區末端的邊廊，來到距離火葬場最近的那間禮儀廳。

聽到劉法醫說明的路線，讓曉潔等三人不免有點意見，率先發難的還是詹祐儒。

「一定要經過冰櫃區嗎？」詹祐儒抗議：「這殯儀館那麼大，難道只有那邊可以通往火爐？」

「啊？」劉法醫皺著眉頭說：「當然是有別條路線，不過如果要從大門出去，還得繞一大圈，加上又有上坡、下坡，光走路都要好一陣子，更別說我們現在還推著這台推車。至少得多浪費半小時吧。」

劉法醫說完之後，用手比了比推車邊，自從大體離開冰庫之後，在室溫之下，大體融化的速度比先前還要更快，此刻推車邊緣已經不斷滴落那些從大體上融化出來的黃水，讓眾人在推的時候，還得小心不要讓這些跟屍水沒什麼兩樣的黃水沾到自己。

「大體越融越快，」劉法醫說：「如果我們堅持要走別條路，別說啟動火爐了，說不定運到那裡大體都甦醒了。」

聽到劉法醫這麼說，眾人當然也不會再有什麼意見，不管再怎麼不願意，似乎也只能這樣了。

眾人就這樣將推車再次推回了冰櫃區，才剛打開拉門，劉法醫立刻被裡面大體群立的景象給嚇到一連退了好幾步。

一向冷靜的劉法醫，這時也不免聲音顯出顫抖。

「這、這是正常的嗎？」劉法醫瞪大著眼，看著這宛如亡者版的送葬隊伍，整齊劃一地排列在冰櫃前。

劉法醫的反應，讓感覺到同樣身為男人，自己好像特別沒膽的詹祐儒，終於獲得了一點平反。

「很正常啊，」詹祐儒一臉得意地調侃著劉法醫說：「類似這樣的場面，我們三個見得多了。」

此話一出，讓亞嵐與曉潔瞬間白眼都快要翻到後腦勺了。

「該推去哪裡？」

「一路……一路到底，」劉法醫哭喪著臉說：「就你們剛剛搬推車那邊，旁邊的那條走廊。」

看著眼前劉法醫的模樣，讓詹祐儒不禁想著，如果再給劉法醫一次機會，他肯定不會強迫眾人走這條路，寧可冒著大體融化的風險，也會選擇繞遠路吧？

不過曉潔跟亞嵐可沒這樣的心思，殿後的兩人合力將推車向前推，讓前面的兩個男人，即使有別的想法，也只能踏上這條彷彿是通往地獄的路。

還好曉潔的那些符似乎很有效，比起先前三人進來的時候，大體還搖搖晃晃十分不穩的模樣，現在每個貼了符的大體，看起來就好像跟一般的大體沒兩樣，除了他們是直立在冰櫃前，而不是躺在裡面。

看到這些人，雖然一開始還有點害怕，不過現在感覺就好像進入了一部精采的殭屍電影之中，讓亞嵐不禁嘴角又浮現出笑意。

照曉潔的說法，一旦這個大體火化之後，他的屍氣就不會繼續影響這些大體，到時候一切都可以和平落幕。如果真的是這樣的話，那麼今天的這場冒險，將會是她人生最精采的一頁，也絕對可以讓她的哥哥，也就是那個跟她一樣喜歡殭屍片的恐怖小說家，徹底羨慕到吐血為止。

至少，這是亞嵐在通過這條通往地獄的道路時，心中所想的事情。

雖然沒有說出口，但是在一旁看到亞嵐表情的曉潔，也只能苦笑搖搖頭。

這傢伙真的有時候跟詹祐儒說的一樣，極度不正常。

在這種情況之下，還能流露出享受這一切的表情，這傢伙不當道士真的太浪費她的才華了。

只可惜，真的是萬分可惜的地方是，亞嵐的記憶力真的不太好。

不然的話，曉潔說不定已經可以傳授口訣給她，把鍾馗派傳承下去的重責大任丟給她，亞嵐肯定很樂意接受，至少比自己還要能夠接受這一切吧？

有別於後面推著的兩個女生，各自有各自的想法，前面打前鋒的兩位男士，卻有著共同的心情。

兩人一邊拉著推車，一邊分工合作，一個盯著左側，另外一個盯著右側，緊緊盯著這些立得直挺挺的大體們，深怕他們突然撲過來。

其實不需要撲過來，光是隨便動一下，或者張開眼睛瞄一下，都可以讓這兩個人嚇到屁滾尿流吧。

就這樣懷著忐忑的心情，兩人好不容易捱到了盡頭，這下終於可以鬆一口氣了，劉法醫用這輩子最快速的動作，將通往隔壁走廊的門給打開、推開，兩人立刻快速地將推車拉入走廊，並且迅速將門關好。

通過了那條宛如地獄通道的冰櫃區之後，接下來一切都順利了起來。

尤其是前面兩位男士，在通過冰櫃區之後，彷彿一起經歷過生死之戰的戰友般，瞬間熱絡了起來。

劉法醫問著詹祐儒現在大學的狀況，詹祐儒則向劉法醫請教當法醫的經驗，兩人彷彿認識很久的朋友般，無所不聊，甚至還約好等這一切過去之後，要一起去吃個飯，讓曉潔跟亞嵐完全搞不清楚兩人之間到底是怎麼了。

打開一道接著一道的門鎖，終於四人合力推著推車，來到了火爐所在的地方。

一路上雖然有點疲累，但總算是有驚無險地來到了這裡，讓四人終於得以喘口氣。

劉法醫去準備啟動火爐，曉潔則趁著這個等待的時間，重新在旁邊默唸著口訣，雖然口訣都記熟了，但是如果不像這樣默唸複習，在真正面對情況的時候，曉潔就是沒辦法像阿吉或是呂偉道長那樣，讓相對應的口訣立刻躍上腦海。

因此，在這等待的空檔，曉潔趕緊複習口訣，就是想要知道自己是不是真的有遺漏掉什麼關鍵，才會搞不清楚為什麼當年的呂偉道長選擇不將這具大體火化的原因。

亞嵐不想打擾曉潔默唸，因此只能跟詹祐儒待在推車旁邊，說是旁邊，但實際上兩人還是跟推車保持了三步以上的距離，看著從推車邊緣不斷低落的水滴，讓亞嵐還是有點擔心會不會在火爐啟動之前，大體就已經甦醒了。

照曉潔的說法，一旦真的演變成這樣，恐怕就連她都沒有把握可以制伏這個大體。

屍氣如酒，越陳越濃。

這是曉潔當時說的話，表示屍氣跟釀酒一樣，釀得越久，就越濃郁，換言之，殭屍化的大體威力也會越大。

眼前這具屍體，雖然不至於是百年古屍，可是超過三十年應該也夠嗆了。

尤其是曉潔沒有半點經驗，如果說到對付殭屍，恐怕曉潔只聽過沒見過，就算看過電影裡的做法，也遠遠不如亞嵐這種幾乎影史上所有殭屍片都看過來得豐富。

偏偏這些東方殭屍片裡面，都有一個不約而同的怪邏輯，那就是每一部殭屍電影裡面的道士，個個都是身手矯健、武功高強的高手，才有可能對付得了殭屍。

比起電影裡面的道士，雖然曉潔也可以稱得上是身手矯健，甚至看起來好像也會一些武功，但是跟那些誇張的電影特效比起來，當然還差得太遠了。

所以一旦眼前這個大體甦醒了，變成跟電影裡面的殭屍一樣，恐怕期待歸期待，但是考量到危險性，亞嵐還是希望不要發生。

畢竟她也沒有電影裡面那些道士的高強身手，更別提電影裡面雖然有很多跟現實一樣，不過仍然加油添醋創造出許多不一樣的東西，拿那些東西來對付真實的殭屍，恐怕不要說沒效果了，就連自己的小命可能都得賠上。

詹祐儒這邊則因為多看一眼，就會讓自己的心跳少一拍的關係，所以根本不想看向大體這邊，只求眼角餘光可以看到一些動靜，這樣一來如果那大體真的有什麼動作，自己也可以立刻察覺，並且開始拔腿狂奔，力求逃到安全的地方。

對於目前所在的地方，詹祐儒還有點印象，其他地方就算了，就這個地方他特別有印象。

因為在幾年前，詹祐儒的外公去世的時候，他就曾經來過這間殯儀館。

不過在進來的時候，詹祐儒還沒什麼印象，可能一方面是因為白天跟晚上來殯儀館，很多地方恐怕看起來都不太一樣，就像白天跟晚上的學校一樣，所以詹祐儒也沒有留心周遭環境，反而只是緊緊跟著曉潔，不想要多看其他地方。另一方面也可能因為這些年來，殯儀館也多多少少有些改變，詹祐儒自然看不出來。

不過對於這間火爐室，詹祐儒卻非常有印象。因為當時工作人員將詹祐儒的外公推入火爐時，他就跟著其他家人一起跪在火爐室的入口處。

在傳統的習俗上，當大體要火化之前，家屬們需要對著棺木大喊，要親人快跑，火要來了。主要的原因是在傳統的信仰中，相信人的靈魂在這個時候，還有可能眷戀在自己的肉體上，因此還沒離開。所以要家人這樣喊，就是要提醒自己的親人，快點離開肉身。

對於這樣的信仰，詹祐儒雖然抱持著懷疑，但是在法師的口令之下，還是跟著其他家人一起喊了，這也成為了他在整場喪禮中印象最深刻的地方。

再度來到這個地方，讓詹祐儒感覺有種稱不上是懷念，但心中還是有點感慨的感覺。那時候的他還沒上大學，應該是剛上高中不久，而外公的喪禮，也是他人生中第一個親人的死別，因此來到這間火爐室，讓過去那時候的回憶重新浮現在腦海之中，更讓詹祐儒感覺到內心原本就已經不安的情緒，更加有點坐立難安了。

就這樣，三人懷著各自的想法，靜靜地等待著劉法醫將火爐啟動，終於等到了劉法醫完成準備的程序。

「可以火化了。」劉法醫對三人說。

「在這之前，」曉潔說：「先問一下高小姐那邊，有沒有找到人可以問問三十年前的事情。」

劉法醫聽了點點頭，然後拿出手機，打通電話給高小姐。

在曉潔等人將推車推去準備將大體火化時，高小姐就獨自一人來到人事室，在櫃子裡面找到了過去的員工聯絡冊，裡面有一些可能在三十年前曾經服務過的人，然後一個個開始聯絡看看。

然而遺憾的是，三十年的光陰真的有點太久了，其中許多工作人員在退休多年之後，早就已經往生了，有些則是已經換了電話號碼，聯絡不上。其他有聯絡上的，多半沒有經歷過三十年前的那件事情。

就這樣一直到了接到劉法醫的電話，高小姐這邊還是沒能找到任何知道三十年前事情的人。

將這個令人遺憾的結果告訴了劉法醫之後，高小姐一度想要放棄，不過就算大體火化了，她還是有點好奇到底三十年前發生了什麼事，因此即便已經將結果告訴劉法醫，高小姐仍然執意找下去。

反正名單上看起來也剩沒幾個了，索性就都打一打試試看吧。

劉法醫掛上電話之後，向曉潔搖了搖頭。

「沒找到人，」劉法醫搖著頭說：「畢竟三十年真的太久了點，時間又不是很夠，這也是沒辦法的事了。」

「嗯，」曉潔低頭沉吟了一會：「那就照原定計畫吧。」

曉潔非常清楚，眼前也只能如此了，因此不再多說什麼，跟其他三人一起將大體移到火爐前的架子上，爐口已經打開，一股熱氣迎面而來。

一切都準備就緒，以目前的情況來說，火爐都已經全自動了，只要劉法醫按個按鈕，大體就會自動被送入火爐之中，火化到大體成為一堆碎骨。

「我們需要說點什麼嗎？」詹祐儒想起了外公的喪禮說：「有沒有什麼儀式之類的？」

「不用了吧。」劉法醫苦笑。

「嗯，燒吧。」曉潔點了點頭說。

「好。」

劉法醫說完，正準備按下按鈕，突然一個聲音中斷了劉法醫的動作。

那是劉法醫的手機聲響，拿起來一看，打來的是剛剛才掛上電話不久的高小姐。

劉法醫看了曉潔一眼，接起電話，立刻聽到電話另一頭高小姐驚喜的聲音。

「找到了！我找到了！」

這句話大聲的程度，甚至連一旁的曉潔等人都聽得一清二楚。

幾乎打遍名單中的所有員工，終於讓高小姐找到了三十年前曾經在這裡服務過的員工。

在考量之後，曉潔還是決定先接聽這通電話，畢竟對她來說，她還是搞不懂為什麼呂偉道長當初會選擇將這具殭屍給封印冰存，而不是就地火化。

或許聽聽三十多年前的情況，有助於曉潔得到這個問題的答案。或許真的有什麼原因，是曉潔沒有想到的也說不定。

於是，為了節省時間，劉法醫立刻帶曉潔去人事室，因為就高小姐所說的，那人現在還在線上，只留下亞嵐與詹祐儒兩人，以及那具躺在火爐外的大體。

3

曉潔與劉法醫兩人才剛踏入人事室，就看到了高小姐拿著話筒大聲說話。

高小姐一看到兩人進來，立刻對兩人說：「找到了，他是十二年前退休的前輩，雖然年紀有點大了，可是他還記得三十幾年前發生的事情。」

高小姐將電話改成免持，方便曉潔與劉法醫一起聽，而提出問題方面，則由曉潔在高小姐耳邊提問，讓高小姐繼續跟電話裡面那位前輩說。

「蔡大哥，」高小姐對電話那頭的人說：「你記不記得那個大體是誰？」

「我不記得了，」蔡大哥的聲音從擴音器傳出來：「不過不是什麼很重要的人。」

曉潔之所以會這麼問，最主要就是因為大體沒有火化，讓她想到最有可能的原因，或許是這具大體是個大人物之類的，這樣還有點說得過去。

但是得到的答案卻是否定的，這讓曉潔有點失望，不過她不放棄，繼續問下去。

「那麼是因為家屬不願意火化嗎？」

「我不記得了，」蔡大哥說：「他不是什麼人啦，不重要。」

原本還想找到當初不能火化的原因，或許可以提供曉潔一些線索，誰知道一連猜了幾個可能性，全部都跟曉潔想像的不同，讓曉潔真的有點氣餒了。

沒辦法，既然捷徑行不通，就只能土法煉鋼了。

「那麼，」高小姐對話筒說：「蔡大哥，你可以跟我說一下，到底三十年前呂偉道長來這裡做了什麼嗎？」

其實早在曉潔與劉法醫來到人事室之前，高小姐就已經向蔡大哥問及當年的事情，不過蔡大哥一開始並不願意說，深怕被館長知道，可能會責怪他，後來是高小姐告訴他，他所認識的那位館長，也早就退休好幾年，而且已經往生了，這才讓蔡大哥願意將過去的事情告訴眾人。

因此，在高小姐代替曉潔問完後，蔡大哥頓了一下，才開始緩緩說出三十年前的事情。

透過蔡大哥的述說，眾人才開始明白了一些跟這座殯儀館相關的事情。

原來這座殯儀館，大約是在三十幾年前建造完成並且使用，然而在完成之後，卻接二連三有詭異的事發生，這些事情，只有當時在殯儀館工作的人才知道。

很多放在冰櫃裡面的屍體，產生了異變，也就是俗稱的「屍變」，這樣的情況不定時的發生在這座殯儀館裡。

原本還以為是偶發事件，但是接二連三的「偶然」也讓館方開始懷疑有問題的不在那些隨機送來的大體，而是殯儀館本身。

有鑑於此，讓當時在殯儀館裡面工作的人們，有了許多繪聲繪影的傳說。

有人說跟隔壁的隧道有關，事實上關於那條隧道的傳聞，不只有殯儀館裡面的員工，就連許多一般民眾也知道那條隧道有許多鬧鬼的傳聞。

另外也有人說是跟這裡本身的風水有關。

至於最多人說的，還是當年為了蓋這座殯儀館，徵收了一些土地，但是因為其中一戶獨居老人不願意搬家，最後甚至在房子裡面自殺，他的怨氣久久未散，才會導致這邊屍變事件頻傳。

不管真相為何，當時的館方的確對這樣的情況很頭大，於是找過很多道士、和尚，辦過很多法會，卻都沒有辦法平息這些災難。

除了屍變之外，當時還發生過許許多多光怪陸離的事情，所以員工的替換率非常高，這也是高小姐為什麼不容易找到知道當年事件的員工的最大原因，因為在事件平息之前，幾乎大部分的員工都已經離開了，只有少數幾個人還堅守在自己的崗位上。

屍變的事件頻傳，讓這座殯儀館發生了很多事情，其中有幾起案件，還差點讓屍變的消息曝光，幾乎快要到封館停用的程度，最後才終於透過了當時的當局，找上了呂偉道長。

當年的呂偉道長還是個剛出道不久的年輕道士，但是已經聲名遠播，被他們鍾馗派奉為救世主一般的人物。

只是這樣的呂偉道長來到殯儀館之後，也確實遭遇到一些挫折，並沒有很順利解決，當年的呂偉道長為了解決這起事件，還在殯儀館裡坐鎮了將近半年，最後才將事件平息。

當然，平息的方法就是改建一些地方，以及收服了一些引發事件的元凶。

其中這個冰庫，就是當年呂偉道長坐鎮在這裡的時候監修的，據蔡大哥的說法，在這個冰庫完成之後，就再也沒有聽到類似的屍變事件，就連其他怪異事件的數量也大幅減少。

這也正是為什麼在這邊工作多年的員工，完全沒聽過過去那段風風雨雨的主要原因。

人很容易遺忘，一旦風雨過後，隨著時間便不會再提起這些不祥之事。

因此三十年前發生的事情，也逐漸被殯儀館裡面的工作人員所淡忘。

而呂偉道長也是因為解決了這起事件，後來被當局信賴，最後成為了國師，才會有那些在呂偉道長生命紀念館牆上的許多合照。

而這正是三十幾年前發生在這座殯儀館的事情始末，就連在這邊工作多年的高小姐與劉法醫兩人聽了都不敢相信，自己在這裡工作了那麼長的時間，卻連一點風聲都沒有聽過。

留下來的痕跡，也只有一些所謂的SOP而已，而所謂的SOP其實就只是「發生任何無法解決或理解的事情，立刻聯絡呂偉道長。」

雖然聽蔡大哥說完了三十年前的事情，但曉潔還是沒辦法從裡面聽出跟當時處理手法有關的事情。為什麼這麼做？怎麼做？冰庫大體跟其他靈異現象之間有什麼關聯？這些問題全都無法從蔡大哥的敘述中聽出來。

有些事情，終究可能需要問呂偉道長本人才會知道，旁人也只能從他的行動去推測而已。

不過在蔡大哥所說的過去之中，有一件事情倒是真的讓曉潔百思不得其解，那就是時間。

呂偉道長花了半年的時間，才把這件事情處理好，這已經遠遠超過了曉潔所能理解的範圍了。

「當時呂偉道長遇到了什麼困難嗎？」曉潔將問題告訴高小姐，讓她代為發問：「花上半年的時間，是有什麼特別的原因嗎？」

「遇到什麼困難我是不太清楚啦，」蔡大哥說：「我只知道他第一次來的時候，很快就把屍變的大體處理好，然後就離開了。」

「後來呢？」

「後來就是問題沒有解決，」蔡大哥說：「他處理完一個大體，過沒幾天又有另外一個大體變了，他又回來處理，就這樣來回好幾次。」

聽到蔡大哥這麼說，房間裡面的三人面面相覷，尤其曉潔更是不能理解。雖說所謂的「喪」指的就是身後事沒有辦好，可是一連好幾次，要那麼多人都同樣沒有辦好，似乎也太過於巧合或勉強了吧？

難道真的跟當時的人流傳的一樣，不是這些大體有問題，而是殯儀館本身有問題？

「到後來，」蔡大哥說：「呂偉道長覺得這樣也不是辦法，一直來來回回的，所以就乾脆在館裡住下來，這一住就是半年。」

原本曉潔聽了還想要問這半年呂偉道長做了什麼，不過轉念就想到，基本上呂偉道長最後就是用冰庫封印的辦法來解決，自己早就已經知道結果了，所以這問題才剛到嘴邊就吞回去了。

曉潔轉念想了想，在高小姐耳邊提出了另外一個很關鍵的疑問。

「那麼，」高小姐照著曉潔的話問：「當時有沒有考慮直接將大體火化？」

「哈哈，」蔡大哥在電話那頭突然大笑兩聲，讓眾人有點訝異，蔡大哥接著說：「你們說呢？我們館裡不就是專門火化的嗎？不需要呂偉道長，這些不就是我們平常在做的嗎？就是火化解決不了，所以才找來呂偉道長啊。」

雖然蔡大哥說得理所當然，可是三人卻是聽得一頭霧水，不太了解蔡大哥說的話。

「不好意思，不過我不是很了解你的意思。」高小姐皺著眉頭說。

「不管有沒有屍變，」蔡大哥說：「我們館裡面的大體大部分最後都是火化啊。」

聽到蔡大哥這麼說，曉潔瞬間恍然大悟，的確事實就跟蔡大哥說的一樣，只有曉潔才會下意識去想到不火化是呂偉道長的決定，卻忘記了這可能不是呂偉道長所能決定的事情。簡單來說，如果火化就可以解決，又何必找上呂偉道長呢？除了呂偉道長之外，隨便抓一個人，就好比亞嵐吧，也絕對可以提出立刻火化大體這樣的決定，不是嗎？

打從一開始就認定這是呂偉道長的決定，根本就是犯下了邏輯性的錯誤，就是因為火化無法處理，才需要找呂偉道長啊！

可是即便搞懂了這點，曉潔還是不能理解，為什麼火化不能解決，因此立刻要高小姐幫忙問一下。

「呂偉道長有說為什麼不能火化嗎？」

「嗯……」電話那頭的蔡大哥沉吟了一會說：「我是聽人家說，呂道長的意思是，就算火化了也沒用，那怨氣太重，就算火化了一個大體，那怨氣過沒多久還是會再附到其他大體身上。」

這聽起來非常理所當然的想像，卻讓曉潔突然有種豁然開朗的感覺。

一開始面對所謂的喪，曉潔就先入為主地照著口訣去想，卻忘記了一些屬於本質的東西。

曉潔一直認為，所謂的喪，本來就是身後事沒有處理好所導致的，而殯儀館本身就是專門負責處理身後事的集中場所，因此如果大家都照著殯儀館的專業程序，把身後事辦好，就算有屍氣，也不可能成喪。可是曉潔卻忽略了，現在的身後事，混雜了各種宗教，加上各家各地的習俗，其實很難做得圓滿。而也因為這裡是殯儀館，就算不夠圓滿所產生的屍氣只有一點點，但是點點滴滴聚集起來，就很有可能讓其中一具大體屍變。

在屍變的情況之下，只要將大體火化，屍氣失去了宿主，自然也會消散。

然而聽蔡大哥的說法，感覺就像是屍氣根本從來沒有散去，蔡大哥所說的怨氣，應該就是鍾馗派所稱的屍氣。類似這樣屍氣不散的情況，在喪身上並不常見，但「怨」卻是司空見慣。

想不到竟然會出現性質像怨，但實際上卻是喪的情況，而這也是當年呂偉道長沒有火化這具大體的真相，因為即便火化這具大體，也有千千萬萬的大體可以讓這不散的屍氣佔據，火化只不過就是多此一舉而已。

既然如此，像呂偉道長這樣將大體冰封，或許也不失為一個辦法。

畢竟想要化掉這樣的屍氣……

想到這裡，口訣自然浮上心中，這正是呂偉道長所留下的口訣中提到的事情。

這下子曉潔終於了解，為什麼當年的呂偉道長會這樣解決了。

因為如果想要化解這樣的屍氣，就需要徹底消滅它，而要這麼做的話，需要一個非常重要的法器，就是被稱為鍾馗四寶的鍾馗法索。

當年呂偉道長如果真的很年輕，那麼應該還沒有辦法召開法師大會，甚至連鍾馗法索的下落都不見得知道，在這種情況之下，不能打散這股屍氣，就只有封印了。

這就是當年呂偉道長不得不做出的決定。

一想到這裡，不免讓曉潔覺得有點感慨，這是她第一次體會到呂偉道長對口訣的理解能力。

即便口訣沒有提起，呂偉道長也能夠自行領悟。

明明都是相同的口訣，如今曉潔還需要靠過去有經歷過事件的人提點才能知道，呂偉道長卻是不但靠自己領悟，還將這些經驗化成口訣，補足原口訣的不足。

目前眾人所面對的這具大體，應該就跟當年在五夫人廟裡面的小悅一樣吧。

只是個特別挑選出來的容器，裝著匯集在這邊的屍氣。

這或許是最佳的解決辦法也說不定。

如果燒了那具大體，雖然解決了眼前的危機，但是屍氣未散的結果，很可能過沒多久這裡又會開始跟三十多年前一樣，三不五時就屍變吧？

透過了三十年前在這裡服務過的員工，曉潔終於解開了這次事件最重要的疑惑，當然也大概知道該怎麼處理了。

只是曉潔沒想到的是，知道是一回事，但真正想要處理又是另外一回事了。

4

就在曉潔與劉法醫兩人到人事室聽蔡大哥講述三十多年前的往事時，火葬場這邊，亞嵐與詹祐儒兩人持續跟大體大眼瞪小眼。

詹祐儒堅持站在火爐控制器的旁邊，然後一直緊緊盯著大體，萬一大體有什麼舉動，他會毫不猶豫地按下按鈕，把大體送入火爐之中。

白天很多人在這裡來來回回的時候，或許還沒什麼感覺，但是此刻只剩下兩人以及四周寂靜的環境，火爐啟動的聲音彷彿來自地獄深淵的咆哮般，在空間中不停迴盪。

聽著這聲音，讓詹祐儒渾身不對勁，並覺得有點悶熱，他拉了拉領口，才發現衣服裡面早在不知不覺的時候大汗淋漓了。

「妳覺不覺得熱？」

今天的天氣算是初冬，雖然這幾年冬天都不太冷，不過這幾天天氣還算涼爽，就算穿件薄長袖也不會覺得熱，但是此刻詹祐儒卻覺得這裡的溫度像酷夏一樣炎熱。

「嗯，」亞嵐點了點頭說：「好像越來越熱了。」

兩人互看一眼之後，瞬間領悟過來，一起轉頭看向火爐。

此刻因為火爐已經啟動，爐子裡面是可以火化屍體的高溫，而開著的爐口便快速讓整個房間的溫度迅速上升。

因此兩人會感覺到炎熱，絕對不是什麼心理因素，而是整個環境真的已經瞬間變熱了。

如果這樣的話……

亞嵐才剛想到，大體會不會因為這樣的溫度而加速解凍與甦醒，誰知道眼前突然一個黑影彈起，原本一直躺在火爐前的大體瞬間直立起來，雙手向前一伸，就這樣平舉在兩人面前。

亞嵐一看到雙手平舉的大體，嘴角先是不自覺地上揚，然後開始緩緩地垮了下來，情緒的變化完全呈現在嘴角。

一旁的詹祐儒早已經看傻了，下巴像是脫臼一樣，整個向下一墜，嘴巴大到可以放個拳頭進去。

不管要不要火化，一切都來不及了，因為這具大體已經甦醒了，這點不需要曉潔在場為兩人說明，兩人也非常清楚。

第5章・像電影那樣

1

那具大體幾乎是用彈的彈跳起來，詹祐儒整晚盯著眼前這具大體，一直都警戒著如果這大體有什麼動靜，就立刻把他推入火坑。

然而這個大體的動作，卻跟他所想像的完全不一樣。

詹祐儒以為他會先暖暖身，至少先動幾下，像自己看過的電影那樣，每個要復活的殭屍或人，都會特寫在手指或眼皮，然後稍稍抽動一下，因此詹祐儒的注意力，一直都放在大體的手指之類這種比較細微的地方。

想不到這個大體卻完全不像電影那樣，先在小地方提示一下，突然就跳起來了。

另外一邊看見同樣情景的亞嵐，卻因為大體跟港產殭屍片一樣，直接就跳起來，讓她有種大開眼界的感覺。

面對這樣的場景，兩人雖然有不同的心境，但是卻有著同樣的反應，一時之間都愣在原地。

詹祐儒一回過神來，才想到他的完美計畫，要是大體敢動，就立刻按按鈕把他送入火爐，因此也沒多想，用力一拍就將按鈕拍下去。

然而此刻的大體早就已經站起來了，因此根本不可能照著詹祐儒打好的如意算盤，被送入火爐中，只見底板一動，那殭屍化的大體一躍，整個跳了下來，而火爐口也在這時緩緩關了起來。

下一秒鐘，當那殭屍仰起頭來，張開那雙白濁的雙眼凝視著詹祐儒時，詹祐儒的口中發出了淒厲無比的尖叫聲。

彷彿聽到了什麼，曉潔抬起頭來，皺著眉頭側耳聽了一會，卻沒聽到聲音。

「如果不火化的話，」劉法醫雙手盤在胸前問：「我們現在該怎麼處理？」

「我們需要先把他綁起來，」曉潔摸著下巴說：「或者是找個地方或東西把他困住，而且需要快一點，那大體隨時都可能會甦醒。」

窗外，彷彿在呼應著曉潔所說的話一樣，亞嵐與詹祐儒狼狽地跑出了火葬場，並且朝著火葬場旁邊的其中一間禮儀廳跑去，身後那殭屍正一跳一跳地追著兩人。

「我想我們可以用棺木，」劉法醫說：「這裡有很多廠商寄放的棺木，我們可以利用那些棺木，先把他關在裡面。」

「這是個非常好的建議，」曉潔說：「至少先限制他的行動，這樣應該會比較好對付。」

「那我們還是快點行動吧。」高小姐說：「我知道昨天有家廠商運了兩副進來，我們就先用那個吧。」

兩人站起身來就準備要出去，曉潔卻叫住了他們。

「等等，」曉潔說：「在那之前，我還需要一個東西。」

「什麼東西？」

「繩子，」曉潔說：「或者是鏈子。」

「我知道哪裡有，」高小姐很快地答道：「順路，我們先去拿繩子，然後再去搬棺木。」

三人就這樣離開了人事室，然而，雖然很快就有應對的辦法，但曉潔還是真心希望那個大體可以不要那麼快甦醒，如果等到天亮，或許會好解決很多。

陽光可稍微減弱屍氣，這就是白天搜喪的最主要原因。

現在是深夜，如果大體在這個時候甦醒，曉潔沒有把握可以對付得了他。

2

就在曉潔等人去拿準備要困住那具大體的棺木與繩子的同時，亞嵐跟詹祐儒可是完全處於水深火熱之中。

即便在死命逃跑的階段，詹祐儒還是很忌諱那些直立在冰櫃區的大體，所以打從一開始就朝反方向跑，兩人快速躲入其中一間禮儀廳。

這裡是專門提供人辦喪禮的地方，除了有幾排椅子之外，在中央正前方還有一張大型的桌子，緊靠在一個佈滿花籃的台子前。

兩人逃進禮儀廳之後，立刻躲到花籃台下。

兩人前腳才剛躲好，那殭屍後腳就追了進來。

詹祐儒看到殭屍追進來，立刻將身子縮起來，深怕被殭屍看到，雖然那殭屍的兩顆眼睛已經白濁到幾乎看不到瞳仁了，但是誰曉得他還能不能看到東西。

詹祐儒再三確認自己躲藏的地方遠離了殭屍的視線範圍，才終於稍微鬆了一口氣。

禮儀廳門口，那殭屍跳進來之後，仍然筆直地朝著兩人而來，只是這點在台下窩著的兩人完全沒有發現。

殭屍來到了台子前面那張大桌子，接著又是一蹬，就這樣跳到了大桌子上，並且發出了「咚」的一聲。

台子底下的亞嵐，一聽到這個聲音，就好像被人當頭棒喝一樣，瞬間也跟著「啊」了一聲。

殭屍發出聲音就算了，想不到身邊的亞嵐竟然也跟著發聲，讓詹祐儒整個抬起頭來瞪了亞嵐一眼。

詹祐儒心裡還在咒罵著亞嵐，想說真是不怕神一般的對手，就怕遇到像亞嵐這樣豬一般的隊友。這時候發出聲音，還真的是自婊兼婊人。

只是詹祐儒不知道的是，亞嵐之所以會發出聲音，就是因為她想到過去跟曉潔討論殭屍電影的時候，曉潔講過的話。

「殭屍到底是靠什麼來找人的？用看的？用聽的？還是用聞的？」當時的亞嵐有感而發地問曉潔。

「用感受的。」曉潔逗趣地笑著說。

「幹嘛這樣？」亞嵐不滿地抗議著：「我是很認真在問妳耶。」

「我也是很認真地回答妳啊。」曉潔笑著說：「我師父的確是這樣跟我說的啊。他說雖然初喪的殭屍還能保有一些視覺或聽覺，不過到頭來殭屍都是靠人氣來感受，哪裡有人就往哪裡去。所以就算妳躲起來，要是妳還是有呼吸，讓他感覺到人氣，他就可以找到妳。」

「所以暫時停止呼吸真的有效囉？」

「理論上有，」曉潔笑著說：「實際上我就不知道了，因為我也沒遇過過。」

「敲三下，」亞嵐指著桌子說：「說這種話要敲三下。」

「為什麼要敲？」曉潔笑著說：「妳不是很期待遇到嗎？」

亞嵐先是一愣，然後兩人相視而笑。

剛剛當殭屍發出聲音的時候，亞嵐立刻知道那傢伙跳到了台前的桌上，旋即想到了當時與曉潔的對話，也立刻知道兩人躲在台下根本一點意義都沒有。因此才會發出聲音。兩人躲在台下，對這個絕對屬於末喪的殭屍來說，根本與直挺挺地站在他面前沒有兩樣。

因此發出聲音之後，亞嵐立刻伸手一把拉住詹祐儒，然後衝出台下，詹祐儒當然一臉莫名其妙。

兩人才剛衝出台下，就立刻聽到一陣巨響，一回過頭，只見原本高聳的台子已經被那殭屍整個踩塌。

這讓詹祐儒看傻了眼，如果剛剛亞嵐沒有把自己拉出來，說不定自己現在已經被那塌下來的台子給壓住，完全動彈不得，就跟那殭屍現在的狀況一樣。

殭屍被塌陷的台子困住，跳了幾下也沒有跳出來，亞嵐見狀立刻拉著詹祐儒衝入台子後方的布簾。

在台子後面用布簾遮住的地方，原本在正常舉辦告別式的時候，是停放棺木的地方，往生者一般都會放在棺木中，供人瞻仰遺容。

不過目前這裡並沒有在舉行告別式，因此裡面停放的是明天上午預定要用的兩副棺木。

一衝入後，看到這兩副棺材，讓詹祐儒倒抽一口氣。

「應該是空的。」亞嵐這麼說。

後室有一扇門，亞嵐立刻衝到門前想要將門打開，可是門卻推不開也拉不開。

布簾的另外一邊傳來殭屍不停想要跳出那坍塌台子的聲音，亞嵐看時間緊迫，現場也只有兩副棺木可以使用，於是用手比了比棺木。

「躲裡面。」

亞嵐說完之後，立刻將棺木上面的蓋子推開。蓋子雖然有點重量，不過在推行了環保棺木之後，整體來說棺木的重量已經減輕了不少，所以多用點力就推開了，亞嵐推出一個差不多可以讓自己鑽進去的縫隙，便二話不說鑽進棺木裡，整個人都快要進去了，還看到詹祐儒愣在一旁。

「快點啊！發什麼呆？」

亞嵐催促完之後，立刻將頭縮入棺木之中，並且從裡面將棺木的蓋子合起來。

整個後室只剩下詹祐儒一個人，前面又傳來殭屍的聲音，聽起來就好像他快要脫困了，讓詹祐儒頭皮發麻，雖然很忌諱這樣躺進棺材之中，但是眼前似乎也別無選擇了。

無計可施的情況之下，詹祐儒也只能跟亞嵐一樣，趕緊躲入棺材之中。

詹祐儒才剛將棺材合起來，殭屍便跟著跳了進來。

那一邊曉潔等人還打算找棺木來將這個殭屍給裝起來，誰知道這一邊的亞嵐與詹祐儒已經找到了棺木，並且把自己關了起來。

兩人窩在棺材裡面，不敢有任何動作。

棺材蓋住了他們的氣息，跟在台下的時候完全不一樣，棺材裡面幾乎可以說是個密閉的空間，因此殭屍站在兩副棺木中間，一時之間也有點困惑的模樣，不知道剛剛追蹤的兩人怎麼會這樣瞬間就不見了。

兩人躺在棺木中，想辦法拖延時間，不讓殭屍找到，但兩人也知道這絕對不是長久之計，要是曉潔等人再不趕快過來，兩人就算不被殭屍殺死，也會被活活悶死。

不知道為什麼，亞嵐腦海裡面浮現著明天前來要參加告別式的民眾，在打開棺木的時候，發現裡面已經裝有一男一女兩具屍體，不知道會有什麼樣的表情。

亞嵐真心期許，這樣的事情不會發生。

3

就在兩人躲進棺木，暫時躲過了殭屍追擊的時候，高小姐帶著曉潔來到了儲藏室，裡面有廠商送來的棺木。在此之前，高小姐也已經找到了一條繩子跟一條鐵製的鎖鏈給曉潔。

曉潔將繩子與鎖鏈上面，都塗上自己隨身帶來的硃砂水。

如此一來，這兩樣東西都可以拿來攻擊殭屍，或者是將殭屍綑綁起來。

當然一直到現在，三人最好的計畫還是趁大體甦醒之前，將大體裝到棺木中，然後曉潔會用這兩樣東西，將棺木牢牢綁住，接下來就趕回么洞八廟或者是當場寫符，看是要拿鍾馗法索徹底將這殭屍滅了，還是要舉辦法事再度將殭屍送回冰庫中，都是可行的選項。

不過現在最重要的，還是先將殭屍封起來，只有這樣眾人才有「資格」選擇接下來要做的事情。

「該選擇哪一個好呢？」

眼前一共有五副棺木，可供三人選擇。

「越堅固的越好。」曉潔理所當然地回答。

「可惜的是，」劉法醫說：「現在的棺木大多都是環保棺木，因此都變得比較輕盈，比起過去實木作的棺木也比較沒有那麼堅固。畢竟現在大部分的人都選擇火化，最後要送入火爐的棺木，不需要太堅固。」

事實正如劉法醫所說的一樣，現在的棺木並不以堅固著稱，不過這不代表這個計畫不可行，只要能夠在殭屍破壞棺木之前，將殭屍困住，曉潔總有辦法可以加強棺木的功效。

「那就隨便選一個吧。」

三人也不囉嗦，立刻抬了一副在入口附近的棺木，然後朝著火葬場而去。

三人扛著棺木，一路經過了其中一間禮儀廳，卻完全沒有人發現那禮儀廳裡面有異狀，不僅整個台子都已經坍塌了，更有隻殭屍正在該禮儀廳的後室，死守在兩副棺木前面。

不過三人在好不容易將棺木抬到火葬場後，立刻就感覺到不對勁。

只見大體跟曉潔的兩個同學都不見了，而且火爐已經關起門來開始運作。

這讓三人都覺得很訝異，立刻跑到火爐前查看。

難道說兩人因為大體有所行動，所以當下就決定將大體火化了嗎？

可是如果是這樣的話，他們兩人又跑到哪裡去了？

劉法醫站在控制台前，猶豫著該不該按下停止的按鈕，讓火爐停下來，畢竟就目前的情況來說，根本無法知道那具大體到底有沒有在裡面，除非將火爐停下來，但是如果大體真的在裡面，而火化又沒有完成，說不定情況會更糟糕。

「他們會不會按下按鈕之後，去找我們了？」高小姐說。

「嗯，有可能。」

「那我們還是先去找他們兩個吧。」

三人將棺木留在這裡，並且決定分頭尋找兩人，高小姐去冰櫃區與櫃檯查看，然後劉法醫循著原路回人事室找找，曉潔則負責火葬場附近的禮儀廳，看看有沒有兩人的蹤影，並且約定好一旦找到就立刻用手機聯絡，找不到就回到這個火爐室來集合。

曉潔離開了火葬場，第一個先朝著他們當時用推車運送大體的那間禮儀廳而去，猶豫了一會之後，曉潔還是決定出聲叫他們。

「嘟嘟！」曉潔對著裡面叫道：「學長！你們在哪裡？」

然而回應曉潔的，卻只有寂靜的夜，以及一股不安的氣息，飄散在殯儀館的夜空之中。

4

詹祐儒的淚水，不自覺地從眼眶中滑落下來。

從來不知道缺氧如此痛苦，才剛合上棺蓋，詹祐儒立刻感覺到一股悶熱的氣息。原來躺在合起來的棺木中，竟然會是這麼痛苦的一件事情。

悶熱讓詹祐儒頓時大汗淋漓，大口呼吸想要喘口氣，但是卻讓整個空間更加急速缺氧。

躲到棺材裡面不過短短幾分鐘不到，詹祐儒卻覺得好像有幾個小時那麼久了。

四肢的肌肉都感覺到無力，詹祐儒知道自己如果再這樣下去的話，不需要殭屍，光是用悶的也可以把自己悶死。

有了死亡的覺悟，讓詹祐儒不禁為自己的不幸感到傷心。

再見了，這世界。

再見了，我所有的夢想。

詹祐儒感覺到自己的視線似乎越來越模糊了，就在這個時候，一個聲音傳到了詹祐儒的耳中。

「嘟嘟！學長！你們在哪裡？」

雖然聽起來很遠，但詹祐儒非常確定是曉潔的聲音。

這聲音帶給了絕望中的詹祐儒一線光明的希望。

不行，怎麼樣都要拚一拚。

曉潔的聲音不只給了詹祐儒希望，更帶給了他勇氣，不管怎樣也好過在這個棺材裡面被活活悶死。

詹祐儒決定拚一下，而這個所謂的拚一下，不過就只是將棺蓋稍微推開一點，好讓自己不至於悶死而已。

詹祐儒用手稍微推動了一下棺蓋，然後緩緩將棺蓋向下方滑動，很快就看到了一條縫，新鮮的空氣瞬間從縫隙流入，讓詹祐儒立刻貪婪地張大嘴呼吸。

原本一直守在兩副棺木中間的殭屍，因為曉潔的聲音，讓他頓了一下，接著一躍之後，整個大轉身。

既然這邊找不到人，正準備變更目標的殭屍，才跳一步，就立刻感覺到背後傳來了清晰的人氣。

這人氣的來源，就是身邊的那一副棺木。

棺材裡面的詹祐儒，正在為自己的重生而感到喜悅的同時，突然一張臉孔浮現在隙縫外面，那是一對白濁又恐怖的雙眼。

一人一屍就這樣相隔在棺材蓋的兩邊，互相瞪著對方，只是這一次是活人在棺材中，死屍卻在棺材外面站著。

詹祐儒一驚，立刻想要將棺材蓋再次合上，但是才剛合起來，眼前一閃，整個棺材蓋都被殭屍掀開。

「嗚啊！」這下詹祐儒再也忍不住，大聲哀號起來。

因為在棺材蓋掀開的同時，那具恐怖的殭屍就站在棺材邊，宛如瞻仰儀容般看著自己。

殭屍立刻出手，想要抓住詹祐儒，詹祐儒見狀立刻朝旁邊一滾，整副棺木就這樣翻落在地上，發出了極大的聲響。

一旁原本躲得好好的亞嵐，這時聽到這聲響，也一腳踢開自己的棺材蓋，從棺材中跳出來。

一跳出來就看到了詹祐儒被殭屍扣住，情況十分危急。

雖然不喜歡詹祐儒，兩人也常常在鬥嘴，但是看到這種情況，亞嵐當然不可能就這樣自顧自地逃走。

不過如果貿然撲上去，不但救不了詹祐儒，還可能連自己也被殭屍抓住。

突然想到了什麼，亞嵐立刻衝出去。

原本被殭屍抓住的詹祐儒，一看到亞嵐從棺材裡面跳出來，原本還期待她會撲上來解救自己，想不到那傢伙竟然就這樣逃出去，讓詹祐儒大受打擊。

吾命休矣。

想不到那姑娘平常看起來好像挺熱心的，這時候竟然會做出這種見死不救的行為，真是讓詹祐儒心寒到了極點，真是危難之中才能看到真正的人心啊！

為此，詹祐儒又再度淚流滿面。

誰知道下一秒，矇矓的視線之中，就看到一個身影衝了進來，並且朝著殭屍用力一敲，詹祐儒立刻就被放了下來。

原來剛剛亞嵐想到外面坍塌的平台，應該有可以用來當作武器的東西，因此才趕快衝出去，果然在坍塌的台子堆中，找到了一根堪用的棒子，衝回內室之後，狠狠地朝殭屍打下去。

殭屍被這一擊放下了詹祐儒之後，立刻轉身襲向亞嵐。

亞嵐用木棒想要擊退殭屍，但是殭屍的力量遠遠超過她的想像，這一棒只打到自己手麻了，也沒能阻止殭屍。

殭屍伸手襲向亞嵐，亞嵐狼狽地向後一滾，整個滾倒在地上，才勉強躲過了殭屍的這一抓。正準備爬起來，殭屍向前一跳，就這樣跳到了亞嵐跟前。

亞嵐才撐起自己的身體，殭屍跟著一跳，亞嵐的腹部就突然感覺到一陣劇痛，整個人被踢飛。

一旁詹祐儒被殭屍放下來之後，大難不死兩次的他，還慶幸著自己又再度死裡逃生，結果就這樣一直愣在一旁，直到亞嵐被殭屍踢飛，才回過神來。

看到眼前這情況，詹祐儒知道自己絕對沒有辦法對付這個殭屍，因此最重要的就是趁這個時候，立刻衝出去求援。

有了這樣的想法，詹祐儒立刻拔腿向外面衝，想要趁殭屍不注意的時候，趁機溜出去。

誰知道詹祐儒才剛繞到殭屍後面，正準備衝出去大聲求援，結果殭屍連頭都沒回，身子一轉就一手掐住了詹祐儒，這時被踢飛的亞嵐捧著肚子，痛苦地站起來，殭屍又一轉身，另外一手也掐住了亞嵐的脖子。

兩人就這樣被殭屍一手一人給掐住了脖子，並且緩緩地舉了起來，這下兩人就真的沒有辦法抵抗了。

被掐住脖子騰空的兩人，雖然雙腳不停地亂踢，雙手也試圖扳開殭屍的手，但那殭屍絲毫不為所動。

正如那句俗諺所說的，事不過三。詹祐儒知道自己這一次真的是難逃死劫，真的得要去見閻王了。

才剛這樣想，一陣火光突然在眼前閃現，還搞不清楚怎麼回事，鎖住喉嚨的那隻手突然鬆了開來，被掐到都已經快要往生的兩人即便被鬆脫開來，也完全沒辦法站穩，就這樣軟倒在地上。

矇矓的雙眼還沒看清楚，耳邊就聽到一陣震耳欲聾的痛苦哀號，好不容易喘了幾口氣，才逐漸回過神來，兩人這下終於看清楚了。

那殭屍早就已經對兩人沒有興趣，正在前面的禮儀廳跟人纏鬥著。

而這個奮力對抗殭屍的人，不是別人，正是他們心中最佳的救星——曉潔。

原來剛剛還在尋找兩人的曉潔，聽到了詹祐儒打翻棺木所發出來的巨大聲響，循聲而來，終於在兩人危急時刻出手相救。

曉潔見到殭屍高舉著兩人，就立刻知道怎麼回事了。

大體已經在自己離開的時候甦醒了，而兩人就是為了躲避這個殭屍，才會一路逃到這裡來，想不到最後還是被殭屍抓住了。

就在這個危急的時刻，曉潔也管不了那麼多，立刻抖動手上的繩索，朝殭屍的背後抽過去。

雖然跟法索有很大的差距，用起來也不是很順手，但是曉潔終究也練過一段時間的法索，因此這一抽很準確地抽中了殭屍的背部。

硃砂染過的繩索，很明顯對殭屍有強大的傷害力，繩子打在殭屍的背上，立刻炸出了耀眼的火光。

比起剛剛被亞嵐用木棒敲打仍然無動於衷，此刻的殭屍頓時彷彿吃痛了般，立刻鬆手並且痛苦地哀號了一聲。

被曉潔痛打了這一下的殭屍，立刻轉過身來朝曉潔衝過去，由於殭屍的速度極快，曉潔根本來不及拉回繩索抽打，因此也只能將繩子放下，以魁星七式來對抗。

雙方短兵相接，曉潔立刻感覺到眼前的殭屍並不如自己所想像那樣威力強大。但很快曉潔也清楚地知道原因了，原本以為這個連呂偉道長都無法解決的殭屍，應該威力非常強大，所以一直心生畏懼，但是現在已經知道當年呂偉道長之所以解決不了，並不是因為殭屍本身的強大，而是因為一而再、再而三的屍變，才讓呂偉道長用封印的方法來解決。

而既然決定要封印，想必呂偉道長對於要用來儲存屍氣的容器大體，也有挑選過，所以才會讓他的威力沒有那麼強大。

加上才剛甦醒不久，體內的屍氣還沒完全發揮出來，因此曉潔才有機會與之抗衡。

地板上好不容易死裡逃生的亞嵐，喘了口氣回過神來，就看到曉潔在門前跟殭屍近距離纏鬥的畫面，就好像電影一樣，不但讓亞嵐冷靜下來，更有種振奮的情緒。畢竟只要跟曉潔在一起，亞嵐就可以恢復冷靜，有個專家在身邊的那種踏實感，絕對是無可比擬的。

因此精神為之大振的亞嵐，立刻跳起來，從那堆坍塌的台子又找了根木棒，想要過去幫曉潔。

「曉潔！我來幫妳！」亞嵐舉起了木棒，正要衝過去，卻被曉潔制止。

「不用！」曉潔一邊對付著眼前的殭屍，一邊對亞嵐叫道：「繩子，用地上的繩子。」

亞嵐愣了一下，然後看了一會之後，才看到在兩人纏鬥位置的不遠處，有一條紅色的繩索掉在地上。

「好！」

亞嵐回應了之後，靠近兩人，而曉潔這邊也開始加快手上的速度，盡可能將殭屍逼離繩子所在的位置。

終於在默契十足的兩人合作之下，亞嵐從地板上撿起了繩子。

可是因為殭屍還在跟曉潔纏鬥，所以亞嵐從後面根本找不到機會可以用繩子套住殭屍，更不要說找到機會偷襲殭屍了，就連想要靠近都有點困難。

看到這樣的情況，亞嵐突然想到了殭屍片裡面的橋段，回過頭來叫了詹祐儒。

「過來幫忙！」亞嵐對詹祐儒叫道。

詹祐儒一臉狐疑，有點膽怯地靠近亞嵐，亞嵐看了不耐煩，將詹祐儒拉過來之後，將繩子的一端交給了詹祐儒。

亞嵐向詹祐儒說了自己的計畫，詹祐儒一開始還有點抗拒，不過最後還是只能點頭答應配合。

亞嵐與詹祐儒兩人一左一右，朝殭屍衝過去，繩子從後面貼住了殭屍的背，兩人繞到殭屍的前面，曉潔見狀立刻一蹲，躲過繩子並跑到殭屍的背後，殭屍也跟著想要轉身，但是受到背後硃砂繩的限制，一時沒有轉成，曉潔趁機從後面將殭屍的雙手往下一壓，跑到殭屍面前的兩人交叉而過，順利用繩索將殭屍的雙手給纏住。

硃砂繩立刻像是丟了一堆甩炮在殭屍的身上一樣，只見殭屍不段冒出火光與哀號聲，讓拉著繩子的兩人心生恐懼，但是卻完全不敢鬆脫手上的繩索。

看到繩子順利困住了殭屍，曉潔知道機不可失，拿出了符立刻朝著殭屍的身上貼。貼上第一張的時候，殭屍仍然可以掙扎，再貼第二張的時候，很明顯已經沒辦法掙脫兩人死命拉著的繩索，一直到第三張才讓殭屍完全停止了動作。

詹祐儒與亞嵐完全不敢鬆手，深怕自己一個鬆手殭屍就會掙脫，因此一直用力拉著繩索，等到曉潔向兩人揮揮手，兩人多繞了一圈，將繩索交給曉潔之後，才暫時鬆了一口氣。

兩人都感到手臂痠麻，連抬手都覺得有點吃力。

曉潔則是多綑了幾圈，才將繩索打結，確定繩索確實將大體牢固地綁好之後，又多拿出一張符貼在大體的額頭上，這才鬆了一口氣。

「這樣就解決了嗎？」驚魂未定的詹祐儒問。

「嗯，暫時算解決了。」曉潔有氣無力地回答。

聽到曉潔這麼說，詹祐儒還來不及反應，一旁的亞嵐已經歡呼了出來。

「有這麼值得開心嗎？」曉潔無奈地問。

想不到自己竟然能跟殭屍電影裡面的情況一樣，這樣對付殭屍，並且還獲得了勝利，當然讓亞嵐感到興奮不已。

只是亞嵐不知道的是，能夠將這個剛甦醒不久，力量都還沒有恢復與發揮出來的殭屍制伏，並不是什麼太大的難事。

對曉潔來說，接下來的處理才是真正的重點。

萬一處理不好，那麼一切又得從頭來過。

目前曉潔有兩條路可以選擇，只是對曉潔來說，她已經非常清楚自己該如何選擇了。

現在的曉潔只希望一切都能像呂偉道長所傳承下來的口訣一樣順利，畢竟過去她完全沒有實務經驗，因此也只能這麼期望了。

現在的曉潔，擁有過去呂偉道長所沒有的東西，靠那個東西，或許可以徹底解決這次的事件也說不定。

第6章・暴動

1

在跳鍾馗的時候，法師常常會拿法索用力鞭擊地板，發出巨大的聲響，這有嚇阻鬼魂的效果。當然那多半都是已經過了溝通的階段，進入動武階段的時候，最常見的一種手段。

除此之外，法師也常利用法索來對付鬼魂或者鬼上身的靈體，法索本身的效力很強，除此之外拿來當作武器也非常好用，因此很受法師信賴。

而在呂偉道長所遺留下來的口訣之中，有明確提到法索可以散屍氣，對付殭屍尤其好用。

在聽完了三十年前的事件之後，曉潔就大概猜到了事情的始末，料想當時的呂偉道長，肯定也試圖用法索來對抗這個聚久不散的屍氣，但是卻始終沒有收到成效。

如果想要順利打散這股屍氣，恐怕只有一個法器做得到，那就是鍾馗法索。

當年的呂偉道長手邊，並沒有鍾馗法索，所以只能用冰封的方法來對抗這個殭屍。

但是現在不一樣了，被稱為鍾馗四寶的四樣法器，如今都收在么洞八廟中，就被安置在一樓鍾馗寶殿的保險庫裡，而這個保險庫的鑰匙與密碼，還都只有曉潔才有。

因此如果要拿鍾馗法索來對付這個殭屍，絕對不成問題。

問題就在於，曉潔也不確定是不是這樣就可以成功。

不過就算想要依循舊法，用冰庫來冰封這個殭屍，曉潔也同樣不知道可不可行，既然都不確定的話，還不如試試看一勞永逸的方法。

在壓制住殭屍之後，曉潔立刻聯絡高小姐與劉法醫，兩人趕來看到被五花大綁的殭屍，都是一臉驚訝。

想不到這個大體真的甦醒變成殭屍了，即便兩人在殯儀館裡面工作了那麼久，也不曾真的見識過這樣的情況，因此反而也變得跟詹祐儒一樣，感到畏懼。

不過兩人場面終究看得比較多，最後還是協助曉潔等人，將被綑綁的殭屍搬到火葬場，裝進預先準備好的棺材中。

曉潔在棺材外面又加了鎖鏈，確定一切都安穩之後，才將自己的計畫告訴眾人。

「我需要回么洞八廟一趟。」

「啊？」在場所有人都對曉潔的這一番話感到不安，畢竟大家都知道，曉潔是唯一可以對付殭屍的人，萬一她離開的時候，殭屍又再度甦醒，恐怕情況只會更糟糕。

「為什麼？」然而詹祐儒卻是唯一一個提出抗議的人：「不能把它重新冰到冰庫裡面就好了嗎？」

「是可以，」曉潔說：「可是這有風險。」

「什麼風險？」

「我師父跟我說過，」曉潔解釋：「殭屍這東西很不好處理，加上屍氣這東西很容易強化，我們如果不能趁現在快點將它處理好，它的力量就會變得更強大，到時候可能就會更難處理。先前冰庫斷電，它已經甦醒了一次，威力可能已經比過去更強大了，還好我們在它力量完全恢復之前，將它壓制住。不過那些符跟繩子沒辦法制伏它太久。因此我所謂的風險就是，我無法確定先前冰庫的那個陣，現在還能封印住可能已經強化的它，如果沒辦法封印，那麼它再次甦醒的時候，我們不一定在這邊，不一定可以像這次一樣第一時間就打倒它，到時候它的力量如果完全恢復了，我很可能也沒辦法壓制住它。因此一般來說，我相信大部分的法師肯定會建議就地火化，絕對不要給它機會。不過我們也知道，這個方法我們沒辦法使用。」

雖然亞嵐跟詹祐儒還不清楚三十多年前發生的事情，不過高小姐跟劉法醫都點了點頭。

「所以在我看來，」曉潔說：「處理方法只有兩個，如果想要像呂偉道長那樣，將它冰封，那麼我會比較建議先將這個火化，然後等到屍氣再度引發另外一個大體屍變的時候，再選擇看看適不適合冰封。因為這個被壓制了那麼多次，威力可能會變得太大，我們冰封不了。」

「如果這樣的話，」劉法醫皺著眉頭說：「那館裡面不就會變得跟三十多年前一樣，一直會有屍變的情形出現？」

「嗯，」曉潔皺眉點了點頭說：「而且呂偉道長都花了半年的時間，我們恐怕只會更久。」

「那另外一個方法呢？」高小姐問。

「另外一個方法，」曉潔說：「就是徹底打散它的屍氣，當年之所以沒辦法這麼做，就是因為缺少一個很重要的法器。但是我們現在的情況不一樣了，那個很重要的法器，就在么洞八廟裡。」

「只要有那個法器，」劉法醫說：「就可以徹底消滅它？」

「理論上是。」曉潔說。

「理論上是，」高小姐問：「那麼實際上呢？」

「實際上我也沒有經驗，」曉潔苦笑地說：「事實上今晚的一切，我跟你們恐怕一樣，都是第一次遇到，所以是不是真的可以像我師父教我的那樣，我也沒有把握……但是我有信心，只要照著我師父教我的做，應該可以處理。」

聽到曉潔這麼說，在場的眾人都是先互相看了一眼，然後緩緩地點頭。

事實上就跟曉潔說的一樣，長痛不如短痛，如果兩種方法都是種賭注，不如賭一把可以消滅它，又可以很快就知道結果的方法。

因此，在決定支持曉潔所選擇的方法之後，為了節省時間，劉法醫負責開車載曉潔回么洞八廟拿鍾馗法索，其他人則留在火葬場，負責看守那個大體。

詹祐儒雖然非常不願意，甚至自告奮勇想要跟曉潔一起回么洞八廟，但是立刻招來所有人的白眼，因此只好乖乖地跟著其他兩人一起留下來看守大體。

看著劉法醫開著車載曉潔緩緩駛出殯儀館，亞嵐只希望今晚的一切刺激體驗，都已經在剛剛結束了，接下來都能夠如曉潔所計畫的那樣順利。

2

想不到自己上班的地點，竟然有著這樣一具殭屍，而自己過去這幾年工作的地方，就在這個殭屍的頭上，讓高小姐想起來還是覺得有點驚悚。

這一次如果不是館長剛好在下班之前回來辦公室，說不定眾人根本不會發現，地下冰庫已經斷電的事實。

今天又是自己當班，也就是說，當那殭屍甦醒之後，自己很有可能就是他第一個甦醒之後見到的活人，而她根本不會留意到，說不定連被襲擊都不知道怎麼回事。

一想到這裡，就讓高小姐感到不寒而慄。

至於詹祐儒跟亞嵐，當然不像高小姐那樣感觸良多，畢竟對他們來說，這已經快要成為跟曉潔在一起的慣例了。

打從認識曉潔，並且一起參加了迎新晚會的那次經驗之後，幾乎每次跟著曉潔都會打開一扇不曾見過的人生之窗，大開自己的眼界，這一次當然也不例外。

只不過對亞嵐或者是詹祐儒來說，這次似乎意義更大過於以往的幾次。

對詹祐儒來說，這一次的經驗比起過去兩次都更具有意義，因為這一次，他是懷著為自己新小說改編的心情，來經歷這場冒險。

雖然跟過去兩次一樣，對每個風吹草動都感到恐懼無比，但是至少在風吹草動過後，他總是能在腦中立刻想到該如何改編成小說。

最大的不同當然就是自己的反應，他總是能在每個地方找到正確的位置，放置自己這萬能學長的角色，並且保護自己的學妹；而小說裡面的丑角角色，也就是現實生活中的亞嵐，又會如何在這場冒險之中，成為雷燈泡一般，不斷阻礙陽光學長與傲嬌學妹的感情發展。

就好比剛剛經過那些大體佇立區好了，在詹祐儒的構思之中，都會變成他帶領著大家，一路穿越那令人感到恐懼的地方，結果亞嵐卻一直巴著曉潔不放，最後害得大家身陷險境。類似這樣的情況，幾乎可以說成為詹祐儒小說裡面的慣例。

該死的、膽小的、電燈泡的、無知的、出錯的，幾乎都集中在亞嵐的身上。

這就是作者的權力！

因此對詹祐儒來說，在等待曉潔歸來的這段時間，正好是他可以好好靜下來構思一下自己新小說情節的好時機，趁一切都還印象深刻的同時，是做這件事情的最佳時刻。

更何況有東西在腦子裡面轉，也可以舒緩一下自己的心情，不需要看著那具大體發寒，一直胡思亂想著他如果又在這個時候跳起來，會是什麼樣的情況。

至於亞嵐的心思就沒有像兩人那麼複雜了，從小到大，在自己哥哥的耳濡目染之下，殭屍片一直都是他們兩兄妹的最愛。

過去在跟曉潔一起經歷的事件之中，就已經不止一次讓亞嵐覺得自己好像置身於恐怖片之中，如今這樁殭屍事件，更讓亞嵐身歷其境，覺得自己就好像電影裡面那兩個一直跟隨著林正英師父的弟子一樣，不管是那個總是憨憨傻傻，由許冠英所飾演的文才，還是那個總是身手矯健，可以在對抗殭屍的時候，成為林正英師父的好幫手，由錢小豪所飾演的秋生，兩個都是亞嵐的最愛。因此自己這一次就好像兩人的綜合體一樣，在旁邊幫助宛如林正英師父一般的曉潔，更是讓亞嵐內心有無比的感動。

也因為這樣的感動，讓亞嵐雙眼雖然盯著裝有殭屍化大體的那副棺材，臉上還是不時會冒出微笑。

這景象看在不了解亞嵐的高小姐眼裡，總有說不出的詭異。

三個人就這樣待在偌大的火葬場中，看著一副裝有殭屍的棺材，其中一個來回踱步，不知道在想著什麼，另外一個則是看著棺材傻笑，讓高小姐瞬間有種不認識這個世界的感覺。

她需要暫時抽離一下這個詭異的世界，回到正常的、那個她熟悉的人世間一下，喘一口氣，才有力量重新面對這一切。

這讓高小姐想到，今晚已經經歷了這麼多事情，自己卻完全沒有跟館長聯絡。明明館長在回家之前，還特別交代過高小姐，如果曉潔這邊有得到任何答案，都要跟他報備一下，自己卻完全忘記了。

現在說不定是最好的時機，一方面可以讓自己暫時抽離這個世界，另一方面也可以完成遭自己遺忘已久的任務。

「那個……」高小姐對兩人說：「我需要打通電話，跟館長報告一下今天發生的事情。」

詹祐儒完全沒有反應，繼續踱著他的腳步，構思著他的小說，而站在棺材旁邊的亞嵐，則轉過頭來對高小姐點了點頭，臉上還掛著她剛剛看著棺材時不自覺露出的微笑。

高小姐臉上回以僵硬的笑容之後，轉身離開了火葬場。

她想要透口氣，因此走出了火葬場之後，又朝著自己的辦公室方向走了幾步。喘了幾口氣之後，高小姐感覺自己的心情終於稍微回穩了一點。

對一個在這地方工作許久的員工來說，說句難聽的，什麼詭異的場面沒見過？

不過不管再怎麼大膽，再怎麼鐵齒的人，也有需要喘口氣的時候。

因此深呼吸幾口氣，對高小姐來說，比起任何鎮定劑都還要來得有效。

只要暫時抽離那環境，恢復冷靜之後，就可以繼續面對這些會讓人失去冷靜的一切。

冷靜下來之後，高小姐拿出手機，撥了通電話給館長，將目前為止的情況跟館長報告。對於這種事情，館長非常信任所謂的專業，因此絕對尊重曉潔的決定。

館長在電話中也稍微安撫了一下高小姐，並且表示辛苦她了，讓高小姐非常開心，這代表明年加薪絕對有希望。

掛上電話，高小姐在經歷了今晚的一切之後，臉上總算浮現出了滿意的笑容。

此刻的高小姐，心情不但冷靜下來，還有著不錯的心情。

正轉過身，準備要回到火葬場繼續跟著兩人一起看守大體。

才剛回過頭，耳邊就聽到了一點奇怪的聲音。

聽起來就好像是有一群人在不遠處交談的感覺，這讓高小姐感覺到狐疑，並且將頭轉向聲音的方向。

聲音是從距離火葬場最近的那個禮儀廳方向傳來的，如果在靠近市區的馬路那一側，或許高小姐會以為是路上有人經過，正在交談才會有這樣的聲音，可是偏偏聲音在靠近什麼都沒有的山區這邊，讓高小姐非常清楚這聲音應該就是從禮儀廳裡面傳來的。

今晚除了在門口的警衛之外，現在殯儀館裡面就只剩下高小姐跟曉潔的兩個同學，怎麼還會有人交談的聲音呢？

內心覺得狐疑的高小姐，一步步靠近禮儀廳。

越是靠近，那聲音就越清楚，來到禮儀廳的門口，聲音越來越大聲，而且聽起來已經不像是有人在交談，反而像是有一群人在發出怪聲，彷彿開派對一樣。

這到底是怎麼回事啊？

如果是在剛剛還待在火葬場的情況之下，因為心情惡劣到了極點，遇到這樣的情況，說不定高小姐就會找亞嵐與詹祐儒一起過來看看。偏偏現在的高小姐，已經恢復了冷靜，因此一個人來到了其中一間禮儀廳的後室。

看著那扇上鎖的門，這時的高小姐已經非常清楚，聲音的來源就是來自於這扇門的後面。

高小姐非常清楚，這扇門後是一條可以直通冰櫃區的走廊，而在走廊的另外一端，就是自己的辦公室。

「砰！」的一聲聲響，門也隨之晃動了一下，讓高小姐嚇了一大跳，並且退了一步。

這時高小姐突然想到一件事情，就是當時亞嵐與詹祐儒負責去推推車的時候，衝回來時曾經說過的話。

那條通道全是一個接著一個站得直挺挺的大體。

由於在那之後，雙方分工合作的關係，高小姐還不曾跟其他人一樣穿越過那條通道，當然也沒有看到那令人訝異的景象，自然也忘記了這回事。

一直到現在看到後室的門被撞動的情況，加上裡面一片吵鬧聲，才突然想起來。

「啊！」

高小姐正準備轉身告訴亞嵐與詹祐儒兩人，突然，後室的門又砰砰砰的發出一連串聲響，接著就被撞了開來。

一堆黑影從黑暗中衝了出來，高小姐拔腿想逃，但是很快就淹沒在這群黑壓壓的人海之中，而這群黑影衝出了禮儀廳，在月光與燈光的照射之下，露出了他們的真面目。

其他的暫且不說，光是他們每個臉上都貼著一張黃色的符，那模樣就已經非常嚇人了。

高小姐幾乎是被這群恐怖的人用擠的擠出禮儀廳，出了門口之後，這群人稍微停了一下，看到這景象，剛剛恢復冷靜的高小姐，這時也完全崩潰了。

高小姐先是愣了一會，然後立刻張大了嘴，發出了連自己都沒有辦法想像的尖叫聲。

而這尖叫聲，也立刻吸引了那群人的注意，所有人將頭一轉，瞬間齊齊撲向了高小姐。

3

火葬場中，亞嵐與詹祐儒仍然維持著剛剛高小姐離開之前的模樣。

一個人緩緩踱步構思著自己的小說，另外一個人看著棺木回憶與傻笑。

彷彿聽到了什麼，亞嵐第一個轉頭，看向火葬場外的方向，因為剛剛她好像聽到了撞門的聲響。

從坐著的地方站起來，亞嵐朝外面走了兩步，還想要聽清楚剛剛的聲音，突然聽到了清晰的尖叫聲。

「高小姐！」亞嵐立刻認出尖叫聲的主人。

這時原本還沉溺在自己小說世界的詹祐儒，也聽到了這聲尖叫，愣愣地看了看亞嵐。

「走啊，去看看啊！」亞嵐叫道。

詹祐儒說什麼也不願意這樣衝出去，但是亞嵐完全不打算理會詹祐儒，立刻衝了出去。

衝出火爐室之後是接待櫃檯，這裡是專門讓民眾登記準備使用火爐順序的地方，接著左右兩邊各有一條走道，是通往各撿骨室的房間，然後是等候大廳，這裡平常是給亡者家屬準備排隊，並且擺放牌位的地方，牆壁上有一台台電視螢幕，用來顯示目前火化的狀況，出了等候大廳才是到火葬場外。

亞嵐一路衝到外面，才剛出火葬場，就立刻看到那一群原本應該佇立在各自冰櫃前的大體。

這場面即便是亞嵐這種熱愛靈異現象的人見到，也感到一陣頭皮發麻。

那群大體其中有幾個看到亞嵐，隨即發出詭異的叫聲，其他大體也立刻回過頭來，鎖定了亞嵐之後，便朝她衝過來。

亞嵐見了連忙轉身拔腿就跑，才跑沒幾步，就跟迎面而來的詹祐儒撞在一起。

「唉唷，學妹妳也張開眼睛看路啊！」詹祐儒被撞倒在地上。

亞嵐雖然踉蹌了幾步，但是還勉強站穩，一見到詹祐儒倒地，立刻衝上前去拉住詹祐儒。

「快跑！」

亞嵐立刻想要拉起詹祐儒，但是詹祐儒完全狀況外，一邊抱怨還一邊嫌亞嵐一直拉他。

「妳到底在趕什麼啦，」詹祐儒不悅地叫道：「讓我好好爬起來不行嗎？不需要妳……」

聽到詹祐儒這麼說，亞嵐真有種想要棄他於不顧的感覺。

誰知道亞嵐還沒這麼做，門外衝進來的那些人，立刻讓詹祐儒閉嘴。

詹祐儒慌張地從地板上跳起來，然後轉身拔腿就跑。

兩人衝回火爐前，卻赫然發現裡面除了幾個用來操作火爐的台子之外，完全沒有其他的地方可以躲藏。

時間太過緊迫，兩人也根本沒有機會好好想清楚，突然亞嵐看到火爐旁邊有條小通道，二話不說立刻拉著詹祐儒就朝通道衝進去。

兩人一穿過通道，才發現原來這邊是火爐的另一側，是專門給工作人員處理那些火化的大體，將碎骨集中起來，然後送往撿骨室供家屬撿骨的地方，因此旁邊就是通往撿骨室的房間。

亞嵐見了立刻拉著詹祐儒，隨便衝入其中一間撿骨室。

門才剛關好上鎖，後面的大體已經趕到，立刻開始撞門。

這些大體跟先前那個冰封已久的殭屍不同，能跑能跳，速度與移動方式就跟一般人沒什麼兩樣。

這大概就是曉潔先前所說的初喪吧？這些剛往生的大體，由於身體組織跟活人沒有太大的分別，所以才能如此靈活。

由於撿骨室有兩扇門，一扇通往火爐室，是給工作人員用的，另外一扇則是通往大廳，是給亡者家屬使用的，因此一鎖住門，擋住了身後的殭屍之後，亞嵐立刻衝到前門，希望可以從前門逃出去。

誰知兩人才剛從前門出去，就看到通道外面有幾個速度比較慢的殭屍已經朝這邊而來，兩人沒辦法逃出去，只能退回撿骨室，並且將前門也鎖上。

雖然一時之間擋住了殭屍，但這下兩人也同樣被困在這個小房間裡面。

「為什麼有那麼多通道啦！」剛關上門詹祐儒就開始抱怨：「好像怎麼繞都會回到原地。」

「因為這裡是殯儀館啊，」亞嵐有氣無力地回應：「有許多動線的規劃與考量。」

「這是什麼鳥理由啦！」

不過亞嵐這麼說，絕對是其來有自，畢竟平常這裡有許多大體，也有許多哀傷的家屬，還有很多前來哀弔與聊表慰問的親朋好友。

華人喪禮的流程，本來就相當繁雜，除此之外，還有相當多禁忌與避諱。即便是佛教跟道教，乃至於混雜著兩者的民間信仰，都有各種不同的儀式與方法，殯儀館想要迎合每一種喪禮儀式，是有一定難度的。

所以在動線方面，殯儀館有很多規劃，例如大體往來的走道跟一般來賓的走道有基本的區隔，就是為了盡可能避開一些不必要的麻煩。

「現在該怎麼辦？」詹祐儒問：「還有我們現在在哪裡？」

「……撿骨室。」亞嵐聳了聳肩說。

「天啊！」詹祐儒哭喪著臉說：

「這不會太……晦氣了嗎？」

「我們在殯儀館裡面，」亞嵐白了詹祐儒一眼說：「你覺得哪裡對你來說不晦氣？你不喜歡撿骨室？那你要去火化區嗎？還是回去停屍間？哪裡對你來說是吉利的？」

聽到亞嵐這麼說，詹祐儒也只能生著悶氣閉上嘴。

兩邊的門都傳來激烈的撞門聲，兩人一個看著前門，一個看著後門，很懷疑這兩扇看起來就不是很堅固的門，到底能夠撐多久。

曉潔已經離開一段時間了，應該隨時都有機會回來，但是兩人很懷疑自己是不是真的可以撐到那個時候。

「如果……他們衝進來，我們要怎麼辦？」詹祐儒用顫抖的聲音問著亞嵐。

當然對於這個問題，亞嵐也已經問自己不下數萬次了。

但是亞嵐不像曉潔，有可靠的口訣可以依賴，除了有無數虛構的電影經驗之外，她並不比詹祐儒好到哪裡去。

不過這樣就夠了！

畢竟如果這時候連她都失去理智，只會讓情況越來越糟糕。

亞嵐冷靜下來，看了看前後兩扇門，比起後門是金屬製的門來說，前門只是一扇隨處可見的壓克力板門，因此即便前門的那些都是行動比較緩慢的殭屍，但是相比之下，應該還是前門會比較快被撞開。

雖然這些殭屍有視覺與聽覺，不過對殭屍來說，最重要的還是人氣。所以……那個方法應該還是可行的。

就這樣，一個想法在亞嵐的腦海中浮現。

「跟我來。」亞嵐對詹祐儒說。

亞嵐退到了後門邊，然後用手握著後門的門把。

亞嵐沒有時間向詹祐儒解釋自己的計畫，只能簡單地將接下來該做的事情告訴詹祐儒。

「等等我打開後門，」亞嵐說：「你就立刻閉氣，絕對不要呼吸。」

「啊？」詹祐儒張大嘴說：「打開後門？妳瘋啦？」

「閉嘴！」亞嵐急道：「照我說的做就對了！」

亞嵐雙眼緊緊盯著前門，那扇可憐的壓克力夾板門，已經被撞得有點歪斜，隨時都可能會被撞開。

「準備了。」亞嵐對詹祐儒說。

原本還打算抗議，但見到前門即將被撞開，詹祐儒立刻張大嘴深吸一口氣。

下一秒，前門應聲被撞開，大量的殭屍湧入，而另一邊一看到前門被撞開的亞嵐，也立刻打開後門，後門的殭屍比前門還要更快衝進來。

兩邊湧入的殭屍，立刻撞在一起，並且亂成一團，完全沒有注意到躲在後門邊暫時停止呼吸的兩人。

趁這個近距離觀察的空檔，亞嵐也終於解答了自己心中的疑惑。

在看到這群殭屍之後，亞嵐立刻了解到這群殭屍就是原本在冰櫃區的那些大體，了解到這點的亞嵐，也浮現出一個疑問。

那就是曉潔的符明明看起來就是有效的，為什麼會又突然失效了。

在近距離看著這群殭屍的同時，答案也瞬間浮現了。

因為到這個時候，亞嵐才看清楚符失效的原因。

當時雖然貼了符，制止了他們也變成殭屍一樣攻擊人，但是因為數量眾多，根本不可能把他們一一搬回冰櫃。

放在外面，在室溫的影響下，每個大體都跟冰庫的大體一樣融化出水，因此他們額頭上的符，沾上了這些水，導致寫在上面的符文，早就已經糊成一片失去了效力。

那一群殭屍亂成一團，亞嵐知道現在就是逃走最好的時機，對詹祐儒使了使眼色之後，兩人盡可能小心翼翼，不發出任何聲音地從後門溜了出去。

兩人循原路回去，因為不敢發出聲音，所以花了不少時間才回到火爐室，這時身後原本喧鬧的撿骨室，也靜了下來。

來到火爐室門口，看了看外面，又看了看火爐室裡面，亞嵐知道想靠閉氣跑出火葬場可能有點困難。

詹祐儒已經快撐不下去了，在一旁拚命用手指戳著亞嵐，而從通道看過去，剛剛那些殭屍已經有幾個往外走了。

一旦往外衝，可能還沒衝出去就被另外一條通道出來的殭屍給撞個正著，就算衝出去，也不知道能逃多久。

亞嵐快速掃視過去，立刻發現了一個剛剛慌張逃跑時沒有注意到的完美躲藏地點。

兩人現在就在火爐區，而這一區最多的東西，就是火爐。

如果躲在火爐裡面，不但可以阻止這些殭屍接近自己，而且因為要散煙的關係，應該也不至於被悶死，只要火爐不啟動，那裡應該就是躲殭屍最完美的地點。

一想到這裡，亞嵐立刻對詹祐儒比著火爐。

詹祐儒會意過來，知道亞嵐的意思，但是卻死命地搖了搖頭。

本來閉氣就已經到了極限的詹祐儒，這時一搖起頭來，再也憋不住，「噗」的一聲換了口氣，通道內的殭屍立刻發出聲響回應。

「嗚啊。」

那些發現詹祐儒的殭屍，立刻朝詹祐儒這邊衝過來，亞嵐與詹祐儒見了，知道再也沒有別的選擇，只能衝到火爐前，用力打開火爐口，一人鑽進一個火爐，然後快速將火爐口關起來。

原本還擔心全自動化之後，會不會火爐根本不能手動關門，但是在順利躲進來之後，終於讓兩人鬆了一口氣。

火爐外面充滿了殭屍的叫聲與殭屍不停撞擊火爐口的聲響，不過從沉悶的聲響聽起來，就算殭屍撞破頭，恐怕也無法動搖這鋼鐵製的火爐口。

這下終於安全了。

才剛這麼想的詹祐儒，在鬆一口氣的同時，也開始為自己今晚的遭遇感到自憐。

這是什麼悲慘的遭遇啊？

躺棺材，待在撿骨室，現在進火爐，所謂的身後事，亞嵐跟詹祐儒幾乎都經歷過了。

雖然順序方面有點亂，不過整體來說還是經歷了全套體驗。

這不要說晦氣了，根本就是人神共憤的情況吧！

不過事情的確跟亞嵐所預想的一樣，除了堅固之外，躲火爐真的遠遠勝過躲在棺材裡面，至少這裡空間大，而且還不至於悶死。

這時或許是因為人氣也被隔離開來的關係，那群殭屍撞沒多久之後，就慢慢地散開了。

少了殭屍擋在火爐口，至少還可以稍微觀察一下火爐外的情況。

畢竟兩人在剛剛慌忙之際，早就將火爐口關閉了，現在想要從裡面打開已經是不可能的事了。

一切都只能期待曉潔與劉法醫回來的時候，趕走那些殭屍，並且將自己從火爐中拯救出來。

心中這麼期盼的詹祐儒，也只能看著火爐外祈禱了。

火爐室門口，一雙腳踏了進來。

那雙腳上面穿著的黑色絲襪，這時已經破了好幾個洞。

蹣跚的腳步，向前踏了一步，一團血泥就這樣掉落在地板上。

那雙腳的前方，一群殭屍正在猛力推動著那副裝有冰庫殭屍的棺材，其中一個彷彿感覺到了什麼，朝那雙腳的方向看了一眼，然後愣了一會之後，又回過頭繼續跟著其他人一起推動著棺材。

由於棺材上纏著染過硃砂水的鎖鏈，只要那些殭屍一碰到，就會受痛跳開，然後過了一會之後，才會再度靠過來，因此一時之間，棺材還沒被他們撞壞，不過這樣搞下去，應該也撐不久了。

那雙腳繼續蹣跚前進，來到了詹祐儒的火爐前，這下詹祐儒終於看到了那雙腳的主人。

「高小姐！」

火爐裡面的詹祐儒拍著火爐口的強化玻璃，對著那雙腳的主人叫道。

那雙腳的確就是高小姐的，然而當高小姐聽到了火爐口的聲響，轉過來的時候，詹祐儒立刻倒抽一口氣。

只見高小姐滿臉是血，脖子上還有個大缺口，很明顯在剛剛殭屍襲擊她的時候，就已經將她殺了，而被大量屍氣感染的結果，讓高小姐也立刻變成了殭屍。

高小姐側著頭，看著火爐口愣了一會，這時的詹祐儒再怎麼笨，也知道高小姐屍變了，因此立刻縮起身子，並且不再拍擊火爐口。

但是為時已晚，高小姐已經注意到這邊了。

然而屍化的她一臉困惑，似乎不太了解眼前到底是什麼情況。

畢竟被殭屍咬死的她，跟死後身後事沒辦好的殭屍完全不一樣。

困惑又不解的她，朝火爐的控制台走了過去。

詹祐儒瞪大了雙眼，不解她到底想幹什麼。

下一秒鐘，高小姐伸出了手，朝著控制台上的按鈕一按。

轟然一聲巨響，詹祐儒整個臉色都白了。

因為他非常清楚，自己的這座火爐，啟動了。

自己……就要被火化了！

第7章・鍾馗四寶

1

打開保險箱，塵封已久的鍾馗四寶，就這樣映入曉潔的眼簾中。

這已經是相隔兩年之後，曉潔再次看到這四樣被稱為鍾馗四寶的法器。

這個保險箱是過去呂偉道長所訂製，特別為了存放鍾馗寶劍所用的長型保險箱，由於是特別訂製的長度，如今放下其他三寶，還顯得有點寬敞。

在過去，如果想要動用這四件極為珍貴的寶貝，就必須召開所謂的法師大會，經過四派同意之後，才能夠動用。但在鍾馗派幾乎全數凋零的如今，只要曉潔一個人說了算就可以。

但是如果可以的話，曉潔絕對不會想要動用鍾馗四寶，畢竟曉潔知道，這四樣重要的法器，對鍾馗派的意義與價值，不，光是鍾馗曾經用過的法器，在華人歷史上，都具有絕對的價值。

深怕自己這個半吊子的學徒用起來，萬一讓鍾馗四寶有所損毀，就算是沒人責備，光是自責都可以讓曉潔一輩子後悔了。

不過現在也沒有辦法了，如果不動用鍾馗法索，自己根本不可能對付得了那個殭屍。因此在這種情況底下，曉潔也只能將鍾馗法索小心地拿了出來，並且重新把保險箱鎖好。

拿到鍾馗法索之後，曉潔跟劉法醫上了車，一路快速地回到殯儀館。回到殯儀館，車子才剛停好，兩人立刻感覺到不對勁。

因為隱約之中，聽到了許多聲音從火葬場那邊傳了過來。

兩人小心翼翼地朝火葬場走去，經過最靠近火葬場的那間禮儀廳外時，赫然發現地上留有大量的血跡。

很明顯在兩人離開之後，這裡發生了些不得了的事情，光看這樣的血跡，也可以很清楚地知道這一點。

曉潔比了比手勢，要劉法醫在自己的後面跟著，不要超過自己，而曉潔自己則緩緩拉開了鍾馗法索，並且將法索的握把緊緊地握在手上。

不知道是不是心理因素的影響，雖然看到地上的血跡，讓曉潔一時之間有點心慌，但是一握住鍾馗法索，就感覺到有股不可思議的力量，從手掌傳入自己的心中，讓她原本七上八下的心，頓時安穩下來。

深吸一口氣後，曉潔用下巴努了努，示意自己要進去火葬場了。

劉法醫點了點頭，跟在曉潔的身後。

曉潔怕亞嵐等人有難，因此不敢再拖，用力吐了口氣之後，快步走入火葬場。

穿過了前廳，一進入火爐室，就立刻看到迎面朝自己衝過來的殭屍。

光是數量就已經遠遠超過曉潔的想像，二、三十個身手矯健的殭屍，就這樣朝曉潔狂奔而來。

即便鍾馗法索再有威力，光是一個一個對付，恐怕曉潔抽到手抽筋都可能解決不完。

不過眼看所有大體都朝自己這邊而來，曉潔這下也完全沒辦法考慮那麼多了，對準了衝在最前面的大體，狠狠地抽出了鍾馗法索。

法索在空中發出了俐落的聲響，「嗶啪」一聲打中了曉潔所瞄準的那個殭屍。

這一抽只見衝在最前面的大體瞬間一軟，整個無力地滑倒，曉潔迅速收鞭，正準備再抽時，眼前卻彷彿產生了一股無形的震波般，在第一個殭屍倒下的同時，後面緊緊追著的殭屍，也跟著一個接著一個軟倒在地上。

就好像那一鞭同時擊中了所有殭屍一樣，不只讓身後的劉法醫看到傻眼，就連曉潔自己也張大了嘴，難以置信地看著自己手上的鍾馗法索。

「哇，妳這也太威了吧。」身後的劉法醫讚嘆地說。

原本看到那麼多殭屍，劉法醫頓時腳軟，還打算回頭準備逃跑，結果頭還沒有回，就看到曉潔一鞭瞬間撂倒所有殭屍的景象。

這就是鍾馗四寶的威力？

看著自己手上的法索，曉潔心中浮現這樣的疑惑。

上一次曉潔碰觸鍾馗四寶，是在J女中決戰之後，將四寶帶回么洞八廟的她，是第一次觸碰到鍾馗四寶，但是當時完全沒有感覺，當然也沒有拿來利用，自然也不知道這四寶的威力到底有多強。

如果是實際上用來對抗靈體的情況，雖然說上次看到時是阿吉與阿畢聯手，但是就曉潔的記憶來說，也不記得當時使用的時候，威力有那麼大。

這完全出乎曉潔的意料之外。

一陣沉悶的聲響，傳入還在為鍾馗四寶威力亢奮的兩人耳中，轉過頭看，就看到火爐口有兩張熟悉的臉孔，而其中一張極為扭曲，眼神充滿驚恐。

「妳兩個同學怎麼跑到火爐裡啦？」劉法醫看到了立刻衝到控制台前，只是他選擇女士優先，先將亞嵐給救出來。

按下控制器，火爐口緩緩地打開來，亞嵐立刻鑽出來。

一旁的火爐口，詹祐儒一把鼻涕一把眼淚地猛力拍著強化玻璃。

劉法醫慢條斯理地走到另一個控制台前一看，真的也嚇到了。

「這、這火爐已經啟動了耶！」劉法醫驚呼。

「那快把他救出來啊！」曉潔叫道。

劉法醫回過神來，趕緊按下按鈕，將火爐口打開，才剛打開一道縫，詹祐儒立刻撞出來，整個人狼狽地摔在地板上，身上還因為裡面的高溫，冒出煙來。

曉潔跟亞嵐正準備去扶他，轟隆一聲，火爐裡面開始噴火，如果再晚一秒，詹祐儒就準備變成一團火人了。

劉法醫立刻按按鈕將火爐停下來，同時將火爐口關閉。

「我的媽呀！」詹祐儒痛哭失聲：「我差點、差點、就要……嗚嗚嗚。」

「同學，」劉法醫無奈地說：「我大概可以了解你們躲入火爐，就是為了……」

劉法醫用手比了比火爐室的地板，此刻的地板到處躺著失去動力的大體，就彷彿在這裡經歷了一場人間煉獄般的大戰一樣。

「躲他們，」劉法醫接著說：「不過也不用啟動火爐吧？」

聽到劉法醫這麼說，哭紅雙眼的詹祐儒抬起頭來，狠狠地瞪著劉法醫。

「啟、動、火、爐、的，」詹祐儒恨恨地說：「不是我！」

「是誰？」劉法醫問。

「是她。」詹祐儒冷冷地用手指著遠方火爐室的角落。

劉法醫轉過頭去，看到了那個熟悉的人，臉立刻垮了下來。

「高……高小姐？」劉法醫聲音有點哽咽。

高小姐側著頭，用蹣跚的腳步回應劉法醫的話。

不需要說明，就算是劉法醫也知道是怎麼回事了，但是不願意接受事實的他，還是用哽咽的聲音問著留在這裡的兩人。

「這到底是怎麼回事？」

「她說要跟館長說一聲，」亞嵐哭喪著臉說：「然後走出火爐室，結果剛好就遇到這群殭屍，就被他們……」

聽到亞嵐的話，讓劉法醫再也忍不住，發出聲音開始痛哭。

原本還以為經過了這起事件之後，兩人終於可以有點發展了，畢竟也算是一起生死交關過的同伴，自己就算約她吃個飯，她應該也不會拒絕才對吧。

但是現在一切都沒了，高小姐已經變成了殭屍。

詹祐儒聽到劉法醫的哭聲，也跟著開始痛哭了起來，兩人甚至還抱在一起哭，看到這景象，曉潔與亞嵐不自覺地感到哀戚。

尤其是曉潔，她有點自責，如果自己功力再強大一點，或許今天就可以避免這一切的發生，高小姐也不會死。

但是，自己一直抗拒成為道士的結果，等於間接害死了高小姐，讓曉潔的內心產生了愧疚感。

不過，事已至此，再多的後悔也不可能挽回高小姐的性命。

曉潔能夠為高小姐做的，當然就是讓她安息，不要讓屍氣繼續操弄她的大體。

曉潔沉重地舉起鍾馗法索，對準了高小姐。

「對不起。」揮出法索之前，曉潔在口中喃喃地說道。

就在高小姐軟倒的同時，一個身影從一旁跳了起來。

這個身影正是今晚這一切的始作俑者，就是那個被五花大綁並且鎖入棺材之中的冰庫殭屍。

原本被裝在棺材裡的他，在其他殭屍奮不顧身的撞擊下，終於從棺材中掙脫出來，再次甦醒的他，威力也比過去還要強大。

不過在鍾馗法索的面前，再強大的殭屍，也絕對不是對手。

「不管你是人喪靈還是人喪魔，」曉潔用手指著殭屍說：「這都是你的剋星，鍾馗法索在此，你作亂的歷史也到、此、為、止！」

曉潔說完之後，再度甩動鍾馗法索，並且朝著那殭屍揮出法索，發出了震耳欲聾的聲響。

這一下，不但終結了這個長年被冰封在殯儀館地下的屍氣，也為這漫長的夜晚帶來最後的寧靜。

對曉潔來說，失去了高小姐是個難以抹滅的傷痛與損失。但是唯一值得慶幸的是，鍾馗法索的確如口訣中所說的一樣，充滿了威力。

只是曉潔完全不知道的是，這並不是這個大體第一次被鍾馗法索擊中，更不知道她手上的鍾馗法索，與當年呂偉道長所使用的鍾馗法索，根本已經可以說是完全不一樣的兩個法器了。

2

十多年前──

「真是不好意思，」呂偉道長對當時的西派掌門說：「鍾馗法索在還給你們西派之前，我需要借用一下。」

呂偉道長終其傳奇一生之中，最為人津津樂道的，除了他曾經收服過一百零八種靈體之外，就屬重新找回鍾馗四寶，並且將它們歸還到各派手上，這件傳奇最讓鍾馗派的道士們佩服。

除此之外，為了確保未來四寶都能夠安全，因此也特別訂下了舉凡要動用到四寶，都需要召開法師大會，徵得其他派同意才能使用的規矩。

此舉不但將近百年來宛如一盤散沙的鍾馗派，再度合而為一，還讓鍾馗四寶有了多一層的保障。畢竟這鍾馗四寶是鍾馗派的至寶，不應該是單獨一個門派所獨享。

只是在歸還鍾馗法索之前，呂偉道長念茲在茲的，還是那具曾經讓他困擾許久，卻沒辦法解決的喪。

因此在取回了鍾馗法索之後，呂偉道長帶著鍾馗法索，再度回到了殯儀館。一方面除了想要檢查一下自己當年所蓋的那座冰庫，是否完好如初，可以確實封印住那具大體之外，另一方面也要測試看看，到底鍾馗法索的威力，是不是能夠順利除掉這個殭屍身上那股不滅的屍氣。

於是這一天，呂偉道長帶著西派掌門，再度來到了殯儀館的地下室。在館長的陪同之下，呂偉道長再度打開了地下冰庫的大門，那具熟悉的大體，就這樣靜靜地佇立在冰庫之中。

相隔了十多年，那大體仍然跟當年呂偉道長冰封他的時候一模一樣。只是呂偉道長倒是改變了不少，彼時還年輕的他，此刻也已經步入壯年時期，不但成為了鍾馗派的翹楚，更是聲名遠播的國師。

呂偉道長舉起鍾馗法索，對準大體猛力地抽下去。法索在大體上留下了一條怵目驚心的痕跡，但是當呂偉道長拿著一張符，測試看看屍氣是不是已經消散時，符又燃燒了起來，顯示屍氣並沒有因此被打散。

「這是什麼樣的妖怪啊？」西派掌門看到此景，不禁驚呼：「竟然連鍾馗法索都沒有辦法對付他？」

呂偉道長看了看大體，又看了看法索之後，嘆了口氣搖搖頭。

「並不是他太強大了，」看著手上的鍾馗法索，呂偉道長臉上不免流露出一抹哀傷的神情：「而是鍾馗法索的威力……不只有鍾馗法索，就連我長年擁有的那把鍾馗寶劍，也差不多……」

「這到底是怎麼回事？」西派掌門一臉不解：「難道說鍾馗四寶的威力不夠強大嗎？怎麼說呢？」

「這鍾馗四寶，」呂偉道長向西派掌門解釋：「之所以充滿法力，是因為曾經被鍾馗祖師使用過。但是距離鍾馗祖師使用這四個法器，已經經過了千年，就算再強大的法力，經過這些年也早就已經慢慢流失了。所以威力自然大不如前，如果再經過幾百年，說不定威力會變得跟一般的法器沒有什麼兩樣。」

西派掌門聽了呂偉道長的解釋，臉上也不禁流露出落寞的神情。

「或許，」呂偉道長說：「這鍾馗四寶，對我們來說，已經是精神意義大過於實際了。」

多年以後，當要將這段口訣傳給阿吉的時候，呂偉道長一度想過，要不要改掉，但想到阿吉擁有的靈力，說不定可以讓鍾馗四寶復活，雖然不至於恢復到往日的光輝，但力量或許可以擊敗那個喪也說不定，因此最後呂偉道長還是原封不動地將口訣留了下來。

當然當時的呂偉道長作夢也沒想到，阿吉的確擁有那樣的靈力，甚至最後也真的用了他人生中只能使用一次的絕招，讓鍾馗祖師的元神，再度降臨在人世間。

而在阿吉召喚真祖的期間，下凡的鍾馗祖師也使用鍾馗四寶來對抗當時阿畢所放出來的天逆魔，因此這鍾馗四寶，現在又再度充滿了鍾馗祖師的法力。

這點即便是呂偉道長也絕對沒有辦法算得出來。

更不可能算得到他的徒孫，也就是曉潔最後真的會拿鍾馗法索，來消滅當年他一直無法消滅的屍氣。

在順利解決了殭屍之後，三人終於準備離開殯儀館。

這時，突然感覺到脖子傳來一股劇痛的亞嵐，想起了什麼似地叫了一聲。

「啊！」

「怎麼啦？」曉潔轉過頭來問。

「我跟他的脖子，」亞嵐一手撫著自己的脖子，一手指著詹祐儒說：「剛剛都被殭屍抓傷了，我們會不會像電影裡面的文才一樣，都變成殭屍啊？」

「……有可能。」曉潔淡淡地說。

「啊？」詹祐儒立刻反應激烈：「那我們不是死定了？妳該不會也要像打高小姐那樣，用那條鞭子打我們吧？」

「你緊張什麼？」亞嵐冷冷地說：「她只說有可能，發現得早還有得救，對……對吧？」

曉潔聽了苦笑地點了點頭，雖然亞嵐剛剛是在學電影裡面林正英師父說過的台詞，不過情況也的確是如此。

「關於這個，」一旁的劉法醫說：「我倒是有辦法幫你們。」

「嗯？」

劉法醫帶著三人來到了法醫室，並且從櫃子裡面拿出了一個箱子。

劉法醫從箱子裡面拿出了兩塊藥布，準備將它敷在兩人的脖子上。

「他們這可不是一般的傷喔。」曉潔在一旁提醒著劉法醫。

「我知道，」劉法醫的臉上露出一抹微笑：「我這個也不是一般的藥布。」

在幫兩人敷上藥布並且包紮好了之後，劉法醫才向三人解釋。

「這個藥布是一個跟你們么洞八廟有著很密切關係的人給我的，」劉法醫笑著說：「一個曾經也是醫生，但是後來變成道士的陳延生前輩給我的。他當時就說，如果有人被俗稱的殭屍抓傷或者是咬傷，可以拿這藥布敷傷口。」

曉潔非常清楚，所謂的陳延生，就是當年在么洞八廟裡面幫過自己的陳伯。

可能是突然想到這藥布沒辦法拿來救高小姐，讓劉法醫的臉上不免又蒙上了一片哀傷之情，而另外一邊的曉潔，也因為想起了陳伯，沉下了臉。

「這下我們確定沒事了嗎？」詹祐儒看著兩人都是一臉哀傷：「是怎樣？那麼不想救我們就是了？」

此話一出，立刻遭來在場三人的白眼，但是詹祐儒卻不知道自己到底又是哪裡說錯了。

第8章・驅魔男神

1

在解決了殯儀館的事件回到家後，經過一天的休養，雖然還心有餘悸，不過整體來說，詹祐儒也算是收穫頗豐，他終於又可以為自己的小說增添新的一集，邁開更為壯闊的一步。

對詹祐儒來說，這次的經驗比起過去兩次，都還要來得更刺激。

雖然在過程中，詹祐儒確實後悔了不下一百次，但是如今挺過來了，有種當過兵退伍的光榮感。

更重要的是，這一次他的確獲得了許多珍貴的題材可以好好寫成小說。

詹祐儒已經計畫好了，不管是三十多年前殯儀館改建的那具殭屍化大體，還是他們這一次的遭遇，都可以寫成很不錯的小說才對。

在經過一天的休息之後，詹祐儒感覺自己創作的能量正在全力爆發中，只花了一天，他就把自己最新的小說架構構思好，並且隨時可以動筆開始寫作了。

詹祐儒深信一旦寫完這部小說，自己就可以終結那場在論壇上的戰鬥，對手肯定會被這部無比刺激的小說擊退，讓她的什麼驅魔男神變得跟驅魔小丑一樣可笑。

在這樣的信心之下，詹祐儒決定在閉關寫作之前，再上一次論壇，仔細記住那些支持驅魔男神的人得意的嘴臉，因為詹祐儒知道，他們再也得意不了多久了。

然而才剛上網，詹祐儒立刻看到不對勁的地方，仔細看了一下才發現，對方竟然已經早他一步貼出了新文章，而且是一篇全新的小說。

不過這還不至於真正打擊到詹祐儒，畢竟就算對方先貼了新文，也要看文章的內容來決定勝敗，這可不是先貼先贏的比賽，如果是這樣的話，那麼比對方早貼出文章的詹祐儒，早就已經獲勝了。更重要的是，對方這次的題材是什麼，內容如何。

詹祐儒將小說點開，才剛看了一下，臉色立刻刷地慘白。

這到底是怎麼一回事？

詹祐儒越看內心越驚訝，因為越看下去，內容竟然跟自己準備要著手寫的殯儀館屍變頗有雷同之處。

這次那個被稱為驅魔男神的傢伙，因為同學家爺爺過世時發生了一些事情，所以特別被同學請去幫忙。

想不到那位同學的爺爺，竟然因為喪事處理不當，加上死前怨氣頗深，結果發生屍變，成了所謂的殭屍。

「天啊！殭屍是有沒有那麼多啊！」電腦前的詹祐儒痛苦哀號。

雖然說殭屍的橋段，靈異版上面有很多雷同的作品，但是目前最受矚目的兩人，都還沒有寫過類似的橋段，因此被對方搶先了一步，的確在氣勢方面，可能對詹祐儒不利。

不過越看下去，詹祐儒的內心更是宛如綁了鉛球般下沉至海底。因為即便是相同的題材，詹祐儒原本還有信心至少自己是以寫實、真實為藍本，對方應該不可能可以搶先自己一步，寫出這種比小說還要精采的東西。畢竟過去對方雖然很多處理的方法，跟自己的小說差不多，不過再怎麼說，詹祐儒也認定是對方抄襲自己的風格。

但是這一次，對方比自己還要搶先一步發表了制伏殭屍的文章，裡面不管是用來測殭屍的那個測驗，還是解決的方法，甚至於一些描述性的東西，都跟詹祐儒記下來的重點很接近，甚至完全一樣。

這讓詹祐儒認清了一個事實，如果這個所謂的對方不是曉潔或亞嵐，又或者是跟蹤著自己的話，那麼只代表一件事情——那就是這個所謂的驅魔男神，很可能是真實存在的，而且很有可能跟曉潔師出同門。

當然身為一個小說家來說，詹祐儒絕對有自信不管是文筆還是結構能力，自己都絕對不會輸人，但是這部小說打從一開始就打著絕對真人真事的旗幟，現在又冒出另一個真人真事，感覺就好像一個招牌掉下來，都可以砸死好幾個驅魔人士一樣，讓自己的小說蒙上一層俗氣的陰影。

這讓詹祐儒非常難以接受，坐在電腦前，看了對方的文章愣了好一陣子之後，他決定不論如何都一定要挖出這個作者，以及這個被封為驅魔男神的真面目。

透過全國中文系系學會聯盟網，以及身為某個大學生為主體的綜藝節目固定班底，詹祐儒還有一個非常自豪的地方，就是所謂的人脈。

他相信至少身為一個大學生，他所具備的肉搜能力，絕對是不容置疑的。他會在最短的時間之內，找出驅魔男神的真實身分，卸下他在網路上的假面具。

有了這樣的決定，詹祐儒拿起了手機，在短短不到兩天的時間，就順利掌握到了驅魔男神可能的對象。

2

放學時分，曉潔與亞嵐兩人就站在側門外等待著。

「到底是怎麼回事啊？」亞嵐有點不耐煩地說：「為什麼妳學長會特別約我們今天在這裡見面?還說什麼有很重要的事情要跟我們說。妳知道是什麼事情嗎？」

「當然不知道啊。」曉潔聳聳肩：「我很懷疑他會有什麼真正重要的事情。」

「我知道了，」亞嵐瞇著眼說：「一定是上個禮拜殯儀館的事件，讓他嚇破膽了，所以特別約我們過來，要取消約定吧？一定是這樣。」

「如果是這樣的話，」曉潔笑著說：「那也不錯啊，只要他不要又派人跟著我們，隨便他要怎樣都可以。」

就在兩人交談的時候，一個熟悉的身影從側門走了出來，兩人見狀立刻停止了交談，因為來的人正是約她們在這邊見面的詹祐儒。

詹祐儒隻身前來，這讓兩人有點訝異，畢竟在校園裡面的時候，只要是詹祐儒出現，都好像皇帝出巡一樣，身邊總是跟著許許多多的跟班。

詹祐儒才剛走過來，亞嵐就已經有點不耐煩地開口了。

「找我們有什麼事？」

「有件事情，」詹祐儒臉色有點苦：「無論如何都需要請學妹妳們幫幫忙。」

「什麼事情？」曉潔側著頭問，內心同時浮現一種不好的預感。

「會找上妳們，」詹祐儒有點似笑非笑地說：「當然是跟那種事情有關啊。」

「那種事情？」

「就是跟……鬼魂有關的啊。」

「免談。」曉潔秒答。

答完之後曉潔轉身就想走，可是身邊的那個同夥卻完全不同調。

這就是曉潔不好預感的來源，一轉頭，果然看到亞嵐在那邊擠眉弄眼，示意要曉潔聽聽看詹祐儒到底想說什麼。

只要一提到這類靈異的話題，亞嵐就很難控制自己的好奇心，即便這個故事是詹祐儒要說的，甚至很有可能是個很爛又很廉價的靈異故事，亞嵐都會很有興趣聽一聽。

因此當詹祐儒這麼說的時候，其實等於已經拿釘子釘住了亞嵐的腳，相同的也綁住了曉潔，曉潔知道現在不聽詹祐儒把話說完，自己是絕對離不開這裡的。

看到曉潔回頭，無奈地站到了亞嵐身邊，努了努下巴示意自己把話說完，讓詹祐儒臉上不免浮現出一抹得意的神情，讓曉潔看了一肚子火。

「長話短說。」曉潔冷冷地說。

「好，沒問題，」詹祐儒說：「簡單來說，就是我有個好朋友，家裡鬧鬼，需要妳的幫忙，The End。」

「啊？」

對於詹祐儒這十分簡短版的故事，亞嵐非常不滿意。

「不好意思，幫不了你們。」曉潔倒是非常滿意，轉身就想要將亞嵐拉走。

「幫助所有被鬼魂殘害的人們，不是你們門派的重責大任嗎？」眼看曉潔不願意幫忙，詹祐儒改變了策略。

「並不是，」曉潔乾脆地說：「事實上，我還希望離這些鬼魂越遠越好，讓我可以好好讀我的書、上我的課，然後盡可能不要被一堆莫名其妙的學長追著我的屁股跑，還要我去對付鬼魂，這完全不是我的責任。我是學生，唯一的責任就是讀書，不是嗎？」

「當然不是，」詹祐儒義正詞嚴地反駁：「妳沒看過蜘蛛人的電影嗎？能力越大，責任越大。現在能夠救我朋友的人就只有妳們了，妳們真的要見死不救嗎？」

「也不知道是不是真的……」曉潔一臉狐疑，對詹祐儒的不信任全寫在臉上。

「去看看囉。」一旁的亞嵐在曉潔耳邊輕聲地說。

連亞嵐都這樣說了，曉潔也知道自己可能沒辦法推辭了，只能無奈地要詹祐儒把情況說來聽聽。

「實際上的情況我也不是很清楚，」詹祐儒一臉尷尬地說：「我只能說個大概，詳細的情況我們路上說吧，因為我已經跟他約好了，時間有限，我們還是趕快動身吧。」

在詹祐儒的催促之下，曉潔跟亞嵐只能跟著一起前往。

地點與C大學有一段距離，詹祐儒叫了台計程車，搭車前往目的地。

然而在車上不管曉潔怎麼問，詹祐儒都有點答非所問，不然就是一問三不知，就算坐了一個小時的車程，也還完全不知道目前詹祐儒的同學家，到底是發生了什麼樣情況。

付完車資下了車，詹祐儒指著遠處的一間透天厝說：「就是那裡了，我同學家就在那裡。」

雖然詹祐儒說得很肯定，但是在之前還用手機查詢了一下，讓兩人覺得不是很有信心。

尤其是當問到關於他同學家中的情況，還有發生什麼事情，詹祐儒都完全答不上來，讓曉潔也有點火大了。

「那我們就過去吧。」詹祐儒說完就朝那間透天厝而去。

「等等，」曉潔叫住了詹祐儒說：「一路上問你，你都一問三不知，然後要你打電話問你同學，你也不肯、百般牽拖，現在都已經到現場了，我連我們面對的情況是怎樣都不知道。」

「過去看看不就知道了？」詹祐儒攤開雙手說。

「你不知道事先蒐集足夠的情報，」曉潔搖搖頭說：「對我們來說很重要嗎？這樣盲目地闖進去，你不知道有多危險嗎？如果是沒有辦法避免的狀況就算了，現在你明明可以問清楚，讓我先有點準備，不是很好嗎？萬一沒有合適的法器，這裡可不比殯儀館，來回可是要好幾個小時。」

原本一直都很贊成此行的亞嵐，在看到了詹祐儒的態度，也不免懷疑起來。

「沒錯，」亞嵐說：「我也覺得怪怪的，而且我覺得你有事情瞞著我們。」

「嗯，」好不容易得到摯友支援的曉潔，用力地點著頭說：「如果你不說清楚，那我們就到這邊了，我們不會跟你去那間屋子。」

看到兩人態度十分堅定，讓詹祐儒知道自己應該瞞不下去了。

「好啦，」詹祐儒一臉為難：「我知道了，我就跟妳們好好解釋一下吧，不過如果跳太多，妳們可能聽得霧煞煞，所以我還是從頭說起好了。」

聽到詹祐儒這麼說，兩人都是一臉「我就知道！」的表情，果然詹祐儒根本沒有對兩人坦白。

「妳們知道網路嗎？」詹祐儒有點彆扭地問。

「這是什麼蠢問題。」亞嵐白了詹祐儒一眼。

「就是網路上有一些論壇，」詹祐儒有點尷尬地說：「其中有一些是專門讓人貼小說的論壇，我……在其中一個很出名的論壇，貼出了我的小說。」

「然後呢？」曉潔一臉狐疑，完全不知道這跟眼前的情況有什麼關聯。

「我貼在網路上的新小說，」詹祐儒頓了一會之後說：「是現實經驗改編的，也就是我們三人一起經歷的那些事件，我把它寫成了小說。」

聽到詹祐儒這麼說，亞嵐立刻張大了嘴，一臉難以置信。畢竟就連她哥想要拿來寫，都被亞嵐拒絕了，這傢伙竟然敢這樣出賣我們的故事。

「三人？」心有不甘的亞嵐冷冷地說：「是我跟曉潔吧？你只有在一旁逃跑跟裝忙而已。」

「亂講！」詹祐儒反駁：「我明明也有幫忙！妳自己說，是誰在三更半夜的時候，穿過恐怖的森林，摸到讓人膽寒的湖邊，去摘柳枝讓妳們打鬼的？」

「你還敢提夜遊的事？」亞嵐叫道：「你忘記是誰那時候趁機想要逃跑？」

「的確！」詹祐儒一臉凜然：「我一開始是想逃跑！但那是人之常情啊！不是每個

人都跟妳一樣，看到靈異現象就會興奮得發抖！」

「我哪有！」

「妳自己問曉潔，看有沒有！」

兩人一起轉向曉潔，就是要曉潔為這場紛爭做一個公正的判決。

曉潔當然一臉尷尬，完全不想在這時候被捲入這種無謂的紛爭之中。

「說重點好嗎？」曉潔無奈地說：「這跟我們來這邊到底有什麼關係？」

「那就不要打斷我啊。」詹祐儒攤開手說。

亞嵐雖然不甘心，但還是閉上了嘴。

「小說推出之後，」詹祐儒接著說：「大獲好評。」

詹祐儒說到這裡，臉上又浮現出得意的表情，讓兩人看了不免翻白眼。

「可是妳們也知道，」詹祐儒攤開手無奈地說：「人只要一紅就會有人眼紅，結果一堆謾罵跟抄襲的文章，也如雨後春筍般冒了出來，就好像我們小時候流行的蛋塔店一樣，別人一開生意好，大家就一窩蜂開，最後搞得全台灣人好像非常愛吃蛋塔一樣。」

「我還是沒有聽到重點啊！」亞嵐叫道。

「那是因為妳沒有認真聽啊！」詹祐儒反擊。

「好了，你們別吵了。」

曉潔有時候覺得這兩人真的讓人又好氣又好笑，總是會這樣鬥起嘴來。

「快點說重點。」曉潔催促。

「如果只是抄襲，」詹祐儒搖著頭說：「那麼也就算了，但是其中有一個人打著跟我們一樣，是真人真事改編的故事，這才是真正讓我困擾的地方。畢竟這部小說是我們一起冒險的結晶，對我來說有特別的意義，那傢伙不但抄襲我，還打著這樣的名號，她自己的小說會被人懷疑也就算了，說不定因為她抄襲我，反而連累我也被人懷疑，那不是很冤嗎？妳們聽得懂我的意思嗎？」

亞嵐與曉潔互看了一眼，然後非常不以為然地點頭，亞嵐有太多想要開口的點了，但是一想到一開口，說不定說到太陽下山又出來，詹祐儒都還沒說出重點，因此只好把那些話往肚子裡吞。

「還不只如此，」詹祐儒咬牙切齒地說：「更加讓我氣結的是，對方用的手法，跟我小說寫的差不多，這就是我說的抄襲啊！被她這樣搞，我還要不要混啊？拜託！這小說的賣點除了學長學妹之間的……還有就是這些真實又帥氣的收鬼方法啊。」

「學長學妹之間的……什麼？」亞嵐眯著眼問。

「之間的……一點互動而已啦。」

「你這傢伙，該不會把自己的妄想寫入小說裡吧？」

「那是妳這種靈異腐女才會做的事情！」

「你知道，」亞嵐趨前在詹祐儒耳邊說：「那位學妹可以上網看到你寫的東西吧……？」

聽到亞嵐這麼說，有那麼一瞬間，詹祐儒的臉上浮現出糟糕的表情。

「學妹妳看啦，」詹祐儒轉向曉潔：「就是她一直扯，才讓我一直說不出重點啦！」

「……我想回家了。」曉潔說完轉身就想要走。

「等等！」詹祐儒見了立刻叫道：「別這樣！拜託！我是真的需要妳這位專家鑑定一下！」

「鑑定什麼？」

「一開始，」詹祐儒說：「我真的以為對方只是依樣畫葫蘆，抄襲我的風格。畢竟模仿已經成名的作者，是很多新手會做的事情，所以這也算是意料中的事。我本來不以為意，但是由於對方寫得很詳細，而且甚至寫出了一些我想都沒有想到的東西，才讓我開始懷疑，對方會不會是說真的，對方會不會真的也有一個像妳一樣的道士同學，而且還是跟妳同一門派的。」

本來聽到詹祐儒自稱已經成名的作者，亞嵐狂翻白眼，這時聽到詹祐儒說可能是真的，雙眼的瞳仁立刻回歸，並且微微綻放出頗感興趣的光芒。

「所以你的意思是，」亞嵐摸著下巴頗感興趣地說：「你希望曉潔鑑定對方是不是同門派的人？」

說到這裡，不只有亞嵐，就連曉潔的心中都感覺到好奇了。

「可是對方在網路上發文，」亞嵐皺著眉頭說：「你要怎麼找到對方？你該不會是直接約對方出來見面吧？」

「當然不是這樣，」詹祐儒白了亞嵐一眼：「拜託，我可是中文系系學會會長，我早就透過我們全國中文系系學會的互聯網，知道那傢伙到底是何方神聖了。」

「喔？」曉潔問：「所以到底是誰？」

「是中部F大學的學生，」詹祐儒說：「我不但查出了他的身分，而且我還知道了他很多事情。」

「例如什麼事情？」

「他跟曉潔妳完全不一樣，」詹祐儒一臉不以為然地說：「他根本就是拿你們門派的東西來斂財，聽說他到處幫人處理類似的事情，而且還藉此收費，當作賺錢的管道。哪像學妹妳完全是出自於內心想要幫助人，在我看來，那人根本就是你們那一派的敗類，你們說，像這樣的害群之馬，妳是不是也該為你們那一派清理清理門戶了？」

「還清理門戶咧，」曉潔搖搖頭說：「你是武俠小說看太多了嗎？」

「不過這樣收費，」亞嵐皺著眉頭說：「好像也沒什麼大不了的不是嗎？你到廟裡收驚也是要付錢啊。不過說到底，我還是想要看看那傢伙。」

聽到亞嵐這麼說，詹祐儒向後退一步，然後用手比著那間透天厝。

「啊？」亞嵐訝異地問：「所以那人住在那裡？」

「不是，」詹祐儒笑著說：「我查到了他現在就在那間透天厝裡面，收了錢要幫人家做法事。」

「那我們還愣在這裡幹嘛？」亞嵐一臉雀躍：「快點去看一下啊。」

「妳有點節操好不好？」曉潔無奈苦笑：「因為有興趣就不跟他嚴正抗議了嗎？」

「嘿嘿，果然還是曉潔妳最了解我，這不去看一下怎麼行呢？走吧、走吧。」

「我這可不是在讚美妳。」

「唉唷，」亞嵐笑著說：「看看也不會怎樣，說不定真的是你們鍾馗派的弟子，這樣一來，你們兩個就好像是失聯多年的兄妹一樣，不是很棒嗎？」

在兩人的簇擁之下，三人就這樣朝著透天厝而去。

3

三人怕被發現，因此繞到了透天厝的後面，希望可以找到個好位置，偷看裡面的情況。

還好透天厝的後面是個廚房，在廚房的流理台上有扇窗戶，三人就這樣靠著窗戶往裡面看。

廚房過去就是餐廳與客廳，一個男人就站在客廳，三人見了立刻屏住氣息，安靜地看著男子的動靜。

屋子裡面很昏暗，只有一盞燈光勉強在牆上提供照明，男子帶來的東西都放在燈光下，除了一個包包之外，還有一個盒子。盒子是打開的，裡面的東西已經被男子拿走，只剩下一個空盒子，不知道裡面到底原本裝的是什麼東西。

光線不足的情況之下，三人實在很難看得清楚裡面的情況，只能依稀看得到男子似乎只有自己一個人，然後背對著三人不知道在做什麼。

可是越看下去，就越覺得奇怪，因為男子雖然看起來像是一個人，可是卻不知道為什麼在喃喃自語的感覺。

曉潔趴在窗邊，瞇著眼睛想要看清楚，因為雖然看不清楚，可是不知道為什麼，卻覺得男子的動作有點熟悉。

男子不單單只是站在同一個地方，有時候會向左邊踱個幾步，有時候向右邊踱個幾步，看起來真的有點詭異。

曉潔很懷疑這樣看，真的可以看得出來嗎？

就在曉潔這麼想的時候，男子突然轉身，讓三人有點嚇一跳，不約而同向下縮頭。

等了一會之後，確認似乎沒有被發現，三人才緩緩伸出頭，繼續偷看。

頭才剛回到窗口，三人不約而同地變了臉。

原來原本一直背對三人的男子，這時候已經轉過身來，而且剛好就在靠近廚房，燈光可以照得到的地方。

雖然男子的臉一樣看不清楚，不過腰部以下卻是一清二楚，當然也包含那個在男子腳邊的東西。

那東西不是別的，正是曉潔也用過的鍾馗戲偶。

「喔喔喔，」亞嵐興奮地在曉潔耳邊說：「跳鍾馗！」

「天啊，」就連詹祐儒也認出來了：「這小子真的跟學妹妳是同門啊！」

曉潔沉下了臉，淡淡地回兩人：「是啊。」

從那男子的身影看起來，還有那男子手前舞動的戲偶看起來，的確像極了是在跳鍾馗，不過因為距離太遠，曉潔看得不是很清楚。

然而，曉潔也很清楚，雖然鍾馗派的道士一定會跳鍾馗，但並不是一定要鍾馗派的道士才會跳鍾馗。

這技藝雖然是從鍾馗派傳出去，但早就已經是很多地方道士或戲班的人員都非常熟悉的技藝，因此光是看跳鍾馗就斷定對方是鍾馗派的，也未免言之過早。

三人就這樣趴在窗外，仔細盯著那個男子。

只見男子操作著戲偶，純熟的模樣說不定比曉潔還要靈活。

亞嵐從旁邊觀察了一下曉潔的臉色，只見曉潔的臉色凝重，雙目直直盯著男子，不免讓亞嵐笑了出來。

看起來曉潔雖然嘴巴一直說沒興趣，可是終究是同門，就好像出了國遠離了故鄉的遊子，見到了同國的旅人那種感覺吧？

不過，亞嵐當然不可能知道，此刻曉潔心中的感覺，完全跟她所想像的不一樣。

雖然同樣有著熟悉感，但是看著男子的動作，卻讓曉潔有種說不出來的不舒服。

雖然曉潔對於這些動作還不是很熟練到可以明確地指出到底是哪裡沒做好，或者是哪裡怪怪的，可是不管怎麼看，都跟自己印象中的情況不太一樣。

畢竟在練這些動作的時候，曉潔並沒有一面落地鏡在面前，像人家在練舞那樣，看清楚自己的每一個動作，所以不免讓曉潔懷疑會不會看在旁人眼中就是這樣？

不過以鍾馗戲偶的動作來說，真的有點不太對勁，曉潔皺著眉頭，仔細看並且想了一會之後，發現真正有問題的，不應該說是鍾馗戲偶的動作，而是該怎麼說呢……？

態度。

這兩個字浮現在曉潔的腦中。

跳鍾馗，先文後武，先溝通，溝通不成再動手，這是慣例。

溝通的時候，必須具有威嚴，因為此刻道士們就是假借鍾馗戲偶，裝作鍾馗祖師親臨現場一樣。

聽阿吉說過，每個人跳鍾馗都有自己的風格。

「那你呢？你的風格是什麼？」當時的曉潔聽了之後，這麼問過阿吉。

「我的當然是狂放不羈啦！」阿吉一臉傲然得意地回答：「這才符合我瀟灑的個性啊！」

聽到阿吉這麼說的時候，曉潔的眼珠已經都快要翻到後腦勺了。

曉潔在練習跳鍾馗的時候，也曾經想到當時的這段對話。

那麼，自己的風格是什麼呢？

如果讓阿吉來說的話，曉潔猜自己應該會被說成是所謂的戰戰兢兢吧？

不過，哪個初學者不是這樣呢？

光是做對、做好，就已經分身乏術了，還風格咧。

如果功力不到純熟的地步，根本談不上什麼風格吧？

也或許打從一開始就是阿吉胡亂吹牛，根本沒有什麼風格。

當時的曉潔是這麼想的。

不過看著眼前這男子手下的鍾馗，曉潔的確看出了跟阿吉完全不一樣的「風格」。

比起眼前這個男子的鍾馗戲偶，就連曉潔都不得不承認，阿吉那不知道在驕傲什麼的風格，什麼狂放不羈的，還真有那麼一點像。

阿吉手下的鍾馗戲偶，真的彷彿隨時都可以做出一些耍帥，甚至出人意表的事情。

除此之外，看著阿吉跳鍾馗，總有種行有餘力的感覺，就好像一個真人，被困在鍾馗戲偶之中，「刻意」做著簡單的動作，怕被人看出那其實是個真人一樣。

而在J女中的那一場決戰，當阿吉用刀疤鍾馗，對抗阿畢那些招喚出來的惡靈時，也確確實實證明了這樣的感覺，看著刀疤鍾馗又跑又跳，就好像是被人解開了封印一樣，可以展現自己真人的一面。

但是，看著眼前的男子，就熟練的程度來說，的確像是從小就很習慣操作鍾馗戲偶，可是卻有著跟阿吉的熟練完全不同的感受。

當時在J女中的時候，曉潔也看到了許多不同的道士跳鍾馗，當然也看到阿畢跳鍾馗，他們操作的戲偶，很明顯就看得出來，比起阿吉就是差了一截，可是跟眼前這男子也有很大的不同。

這讓曉潔感到困惑。

後來仔細看了之後，曉潔才知道問題出在什麼地方。

比起阿吉的鍾馗戲偶來說，阿吉的確有種不羈的感覺，但是男子的卻是不知道在跩什麼的感覺。

那鍾馗戲偶流露出來的，不像是溝通，更不像是威壓，反而讓人家覺得有種頤指氣使，就好像指揮跟命令一樣的感覺。

尤其是鍾馗戲偶移動的時候，總是會一搖一擺，感覺就是很搖擺。

這讓曉潔完全搞不清楚眼前的狀況，是還在溝通，還是已經在動武了。

明明男子的很多動作都感覺到熟悉，真的看起來就好像是鍾馗派的，可是卻總有什麼說不出的怪。

這讓曉潔想起了那首很有名的歌曲——最熟悉的陌生人。

就在曉潔困擾不已的時候，男子手下的鍾馗戲偶突然一個轉身，接下來擺出了一個魁星踢斗的姿勢，曉潔這才跟上，搞清楚到底眼前是什麼情況。

目前看起來應該就是溝通有了成果，所以不需要到動武的階段。

就在男子轉過身去，準備告一段落的時候，曉潔也終於有了覺悟。

這男子絕對跟鍾馗派有很大的淵源，不是在別的地方用別的管道學會跳鍾馗的。

4

雖然說對曉潔來說，在有口訣的情況之下，「理論上」解決這些事情本來就應該很輕鬆才對。但是從過去的經驗來說，不管是阿吉還是曉潔自己，似乎都不曾如此輕鬆順利。

也不知道是曉潔特別倒楣，老是遇到破格強的鬼魂，還是眼前這男子，真的有超越曉潔甚至阿吉的實力。

看到男子如此輕鬆地解決了，也算是間接印證了曉潔對口訣的想法。

在繼承了阿吉傳承下來的口訣，除了鍾馗祖師所傳下來的之外，還有呂偉道長自創的口訣相輔相成，按理說應該遇到各種妖魔鬼怪，都跟男子一樣輕鬆愜意才對。

原本一直都待在昏暗處的男子，這時看似解決了一切，悠哉地走回到燈光底下，看起來就好像舞台上在聚光燈底下的明星一樣，這也讓三人終於有機會看清楚男子的長相。

男子有著一張略帶點邪氣的臉龐，立體的五官跟彷彿一切都不放在眼裡的神情，讓他散發出一股危險的氣息。

雖然男子不是亞嵐的菜，但是亞嵐完全可以體會其他女孩將他當成男神的感覺。

不要說亞嵐了，就連一旁的詹祐儒，原本還準備好好數落男子一番，誰知道看到男子的模樣，似乎也沒話可說，愣了好一會之後，只能冷哼一聲，小聲地喃喃說道：「沒什麼了不起，這樣也能當男神嗎？」

然而詹祐儒的嘴巴是這麼說，但是口氣卻非常心虛。

這讓一旁的亞嵐看了是又好氣又好笑，正準備跟曉潔抱怨幾聲，臉一轉過去這才注意到曉潔的臉色。

曉潔跟其他兩人一樣，也是一直到了男子走到燈光下，才清楚地看到男子。然而跟其他兩人不同的是，曉潔的注意力完全不是在男子的模樣與長相，而是完全集中在男子手底下垂著的那尊鍾馗戲偶。

或許是出自於同行的感覺，也或許是因為那尊鍾馗戲偶太過於刺眼，因此曉潔第一眼就緊緊盯著那尊鍾馗戲偶。

比起刀疤鍾馗來說，男子手中的戲偶，不管是細緻度還是威猛的感覺，都遠遠不如那尊國寶級的戲偶，不過這不是曉潔所在意的，真正讓曉潔不自覺地想要倒抽一口氣的，是這尊鍾馗戲偶跟鍾馗派所使用的完全不一樣，不但模樣看起來嚇人，就連裝扮都顯得有點披頭散髮，看起來異常凶狠，除此之外，這尊鍾馗戲偶的臉上跟衣服上，都跟當年阿畢墮入魔道之後所使用的鍾馗戲偶一樣，全都染上了暗紅色的血漬。

也正是因為注意到這點，讓曉潔內心的震撼不言而喻，表情也難免反映出自己內心的感受。只見曉潔瞪大雙眼，眼珠子都彷彿要從眼眶掉出來了，並且全身發抖。

血染的鍾馗，這只代表著一件事情，那就是這男子如果不是墮入魔道的鍾馗派道士，就是那個消失已久的鬼王派。

如此一來曉潔的心中只剩一個疑惑，為什麼鬼王派傳人還活在人世間？

就阿吉的說法，鬼王派的人不是早就已經銷聲匿跡很長一段時間，按理說應該早就已經失傳了才對，為什麼現在還會出現這樣一個人？

難道說，他不是鬼王派的，而是跟劉易經或是阿畢有關係的人嗎？

想到這裡，曉潔發現自己在不自覺的情況之下，雙拳緊握，渾身甚至有點顫抖。

如果對方真的是跟劉易經或阿畢有關係的人，那麼這一次，她想要好好問個清楚，究竟是什麼原因，會讓他們徹底捨棄人性，步入魔道。

兩人這時也都注意到了曉潔的表情，也被曉潔嚇到。

想不到曉潔的反應如此之大，當然兩人不可能知道曉潔如此震驚的原因，不約而同地認為曉潔的反應完全是一種看到天菜才會流露出來的表情。

「不會吧？」看到曉潔如此，詹祐儒的內心宛如刀割般想著：「學妹該不會煞到這個男的了吧！失策啊！失策！真不該帶她們來看的！」

不只有詹祐儒這麼想，就連亞嵐也再三打量了一下男子，心想著：「原來曉潔喜歡這一型的啊？」

這時站在燈光下的男子，似乎有意無意地撥弄著戲偶，戲偶也在男子的撥弄之下，微微地跳動著。

還有什麼事情嗎？

亞嵐看著男子的動作不免有點疑惑。

事情不是都解決了嗎？怎麼他似乎還沒有收拾戲偶準備離開的打算？

男子似乎還沒有要離開，只是站在燈光底下繼續操弄著戲偶，戲偶在男子的操作之下，來回走動，看起來就好像在思考著什麼事情一樣，接著又做出各種動作，看起來反而像是在練習操偶把戲的感覺。

看到男子如此輕鬆就可以讓手下的戲偶做出各式各樣的動作，果然就功力來說，男子的操偶技巧遠在曉潔之上，看起來就好像是從小就習慣於操作戲偶的樣子。

當然，看到男子手下那尊染血的戲偶，曉潔第一個就想到阿畢，因此也立刻聯想到男子會不會也是被鍾馗派驅逐出師門的道士，至於被驅逐出師門的原因，當然也很明顯，就是這男子選擇了一條跟阿畢相同的路——墮入魔道。

可是……如果是這樣的話，為什麼鍾馗派的道士們，完全沒有人提過這個男子呢？更重要的是，就男子的年齡來說，也不過就跟曉潔差不多大，如果這男子真的是鍾馗派的弟子，那麼他是在什麼情況下進入鍾馗派的？又是在幾歲的時候被驅逐出鍾馗派的？

畢竟男子的年紀還那麼輕，唯一可以聯想到的就是跟阿吉或者是阿畢他們一樣，從小就被自己的師父收為弟子，如果是這樣的話，應該跟師門有著很深的淵源才對。

這樣的人為什麼阿吉從來沒有提起過？尤其是在阿畢的事件時，當時就曉潔所聽到的情況，阿畢是在劉易經之後，第二個步入魔道的人。

如果是這樣的話，那麼這個男子又是怎麼一回事？劉易經步入魔道的時候，這個男子應該根本就還沒有出生吧？

就在曉潔心中浮現出種種疑問的同時，男子停下了動作，一切歸於平靜。

「我在想，」男子突然喃喃自語，聲音卻清楚地傳到了窗外偷看的三人耳中：「該就這樣收起來了嗎？」

聽到男子這麼說，三人面面相覷，完全不知道男子到底在跟誰說話，三人在窗外偷窺了那麼久，完全沒有察覺到房子裡面有其他人。

「還是……」男子說到這裡停頓了一下，然後突然將頭轉向了窗戶：「我們應該就在這裡分出個勝負？本家的小姑娘。」

男子的頭突然轉向窗戶，三人根本連躲都來不及躲，只有稍微縮一下，很清楚被看到的情況之下，三人也乾脆不躲了。

而曉潔聽到男子這麼說，瞬間清楚了男子的來歷，這傢伙根本不是什麼鍾馗派的弟子，而是照鍾馗派的說法，早就已經銷聲匿跡的鬼王派的人。

因為曉潔曾經聽阿吉說過，鍾馗派稱呼鬼王派的人都稱為偏門，而鬼王派都稱鍾馗派為本家。

「我還以為本家都是正大光明的人，」燈光下的男子冷冷地對著窗外說：「所以才會老是稱我們為偏門，想不到妳這個本家的小姑娘，居然跟人玩起偷窺的遊戲？既然來了，就出來面對吧。」

聽到男子這麼說，三人也知道這樣躲下去不是辦法，看了看彼此之後，便從窗邊退下，繞到正門。

在前往正門的途中，曉潔的腦海裡面浮現出那晚阿吉站在陽台邊跟她說的話。

那是曉潔惡補了將近一個月之後，準備搬回家的前一天晚上，阿吉帶曉潔到呂偉道長生命紀念館外。

在那裡，阿吉把呂偉道長度過人生最後一晚的情況告訴了曉潔。

「我還記得，」阿吉向曉潔回憶道：「那時候我師父問我的最後一句話。『宿命，你懂嗎？』」

當阿吉這麼說的時候，曉潔腦海裡面立刻浮現的是前一天阿吉才跟曉潔解釋過的，關於鬼王派的源起。

那是發生在鍾馗派第十三代時候的事。當時因為第六代的傳人太過早逝的關係，導致口訣遺失了大半，為了可以從最少的口訣得到最大的效益，其中一派的傳人選擇了墮入魔道。鬼王派自此誕生，與鍾馗派之間的恩恩怨怨，也是從這一代開始。

比起受限於口訣而無法發揮的鍾馗派本家來說，鬼王派透過墮入魔道，進而掌握住控制鬼魂的技巧，因此短時間之內可以得到的力量，遠遠超過鍾馗派本家需要長年累月的參透，才能真正從口訣中悟出訣竅。因此在剛脫離鍾馗派的那段時間，鬼王派的聲望遠遠壓過了鍾馗派本家，但是好景不常，在前幾代的強盛之後，鬼王派也進入了一段衰退的時期。雙方在這交替強弱的時代之中，曾經發生過幾次大戰，犧牲了許許多多優秀的道士，彼此間也結下了不共戴天的梁子。

因此在那之後，鍾馗派與鬼王派，本源自於鍾馗在人世間的一體兩面所形成的兩個門派，每次只要交會，就會拚得腥風血雨，似乎已經成為了這兩派的宿命。

這是阿吉告訴曉潔關於兩派之間的恩怨，也是當阿吉提到宿命時，曉潔第一件想到的事情。

而正因為這個緣故，在幾百年前的一場讓鬼王派幾盡滅亡的大戰之後，鬼王派徹底銷聲匿跡，讓人認為他們已經滅亡。

而曉潔作夢也沒有想到，竟然會在這樣的情況之下，遇到鬼王派的傳人。

已經暴露行蹤的三人繞到正門，最前面的詹祐儒完全不知道這些事情，還想說等等道個歉，對方應該不會在意才對，就這樣將門打開。

打開門看到男子佇立在燈光下的曉潔，心裡很明白，此刻正是鍾馗派千年來最脆弱的時刻，自己卻完全沒有自覺，沒有像鬼王派一樣低調到宛如銷聲匿跡一樣，自己或許已經鑄下永遠無法挽回的大錯。

而就在曉潔與鬼王派的傳人相遇的同時，遠在台灣南部的一個男人，也遭遇了同樣的命運。

這個男人，就是曉潔朝思暮想也不願意相信他已經死亡的那個男人。

後記

大家好，我是龍雲，非常高興又在這邊跟大家見面了。

對我稍微有點了解的人都知道，我從小到大都是獨子。

但是事實上，在我的人生之中，我曾經擺脫過這樣的身分，雖然只有短短幾個月的時間……

在我國小高年級的時候，我有了一個妹妹。

遺憾的是，才剛出生的她就因為生病的關係，在人世間只停留了短暫的幾個月。

雖然家母一直很擔心從小就非常調皮的我，會欺負這個小我多歲的妹妹，但是這點我有不一樣的看法，我一直相信我會是個好哥哥，可惜的是我一直沒有機會可以證明這點。

雖然我們緣分很淺，但是我常常在不經意的情況之下，想起這個妹妹，並且想著如果她至今還活著的話，會是什麼樣的情況。

就是因為有了這樣的想法，所以這本小說中的某個角色誕生了。

至於她是小說中的哪個角色，就留給大家去想像了。

謹以這部作品，獻給我那個沒有緣分的妹妹。

最後感謝各位的閱讀，希望這次的作品大家會喜歡，我們下次再見。

龍雲

作者　龍雲
封面繪圖　B.c.N.y.
總編輯　莊宜勳
主編　鍾靈
責任編輯　黃郁潔
美術設計　三石設計

出版者　春天出版國際文化有限公司
地址　台北市信義區信義路四段458號3樓
電話　02-7718-0898
傳真　02-7718-2388
E-mail　story@bookspring.com.tw
網址　http://www.bookspring.com.tw
部落格　http://blog.pixnet.net/bookspring
郵政帳號　19705538
戶名　春天出版國際文化有限公司
法律顧問　蕭顯忠律師事務所
出版日期　二〇一六年七月初版
定價　170元

總經銷　楨德圖書事業有限公司
地址　新北市新店區寶興路45巷6弄6號5樓
電話　02-8919-3186
傳真　02-8914-5524

龍雲作品 09

冰屍：少女天師

國家圖書館出版品預行編目資料

少女天師 3，冰屍 ／ 龍雲 著. — 初版. —
臺北市：春天出版國際，2016. 07
面；　公分. —（龍雲作品；09）
ISBN 978-986-5607-51-7（平裝）
857.7　105011294

版權所有・翻印必究
本書如有缺頁破損，敬請寄回更換，謝謝。
ISBN 978-986-5607-51-7
Printed in Taiwan

龍雲
作品

龍雲
作品

龍雲
作品

龍雲
作品